京都に咲く一輪の薔薇

UNE ROSE
SEULE

ミュリエル・バルベリ
永田千奈 訳

早川書房

京都に咲く一輪の薔薇

装画／今日マチ子
装幀／早川書房デザイン室

いつものようにシュヴァリエと
今は亡き愛するひとたちへ

世の中は地獄の上の……

第一章

いにしえの中国、北宋の時代のことでございます。ある高貴な人が毎年、広大な芍薬《しゃくやく》の花園を造らせておりました。夏の初め、花冠は風にそよぎ、主《あるじ》は花園のなかにある東屋《あずまや》に腰を下ろします。ここで月を眺め、時折、澄んだ色の茶を口に運びながら過ごすのが、例年の習慣だったのです。六日間、彼は、わが娘のような花たちを眺めて過ごし、朝と夕には、花のなかを散策いたしました。

七日目の朝早く、彼は虐殺を命じます。

ばっさりと茎を切られた美しき花の死体を、使用人が頭を東に向けて寝かしていきます。ついに、残る花はただ一輪となりました。梅雨の始まりを告げる雨が花びらを濡らします。そして、それから五日間、貴人は暗い色の葡萄酒を飲みながら過ごします。毎年、彼の人生のすべてはこの十二日間にありました。彼は一年中、花たちのことを思って過ごします。そして花たちが死ぬと自分も死にたくなってしまうのです。それでも、一輪だけを残し、そのひとつだけの存在と無言で向き合う時間には、たったひとつの存在に託された無数の命が共存しているのです。一年の残りの月日、喪に服して過ごす時間も、彼にとっては決して、無為のものではありませんでした。

生き残った一輪を眺めるとき、彼は何を思ったのでしょう。そこには光る宝石のような悲しみがありました。そこにちりばめられた幸福の輝きはあまりにも純粋で、あまりにも濃密なので、彼の心は陶然とするのでした。

見渡す限りの芍薬の花

目が覚めたローズは自分がどこにいるのかわからないままあたりを見回したが、目に飛び込んできたのは、くしゃくしゃの赤い花びらを広げる芍薬の花だった。後悔と過ぎ去った幸福の香りにはっとする。こうした心の動きはいつものことで、心に爪を立てたあと、夢のように消えてゆく。だが、ふと抱いた違和感が胸の奥に新鮮な透明感をもたらすこともある。その朝、無駄のない美しさをもつ花瓶に活けられ、黄金の雄蕊《おしべ》を見せている芍薬の花と向き合った瞬間、ローズはまさにそんな印象を受けた。ほんの一瞬とはいえ、彼女はこの花をじっと見つめ、生命の存在をかつてなく強く感じながら、永遠にこの部屋にとどまっていられそうな気がした。畳や襖、障子に目をやる。窓を開けると向こうに、日の光を浴びる木々が見える。そして、くしゃくしゃの芍薬の花。彼女は昨日出会ったばかりの他人のように自分自身を眺める。

昨夜の記憶が押し寄せる。空港、長い移動時間、ようやく到着した家。燈籠に照らされた庭、一段高くなっている床に膝をつき着物姿の女性が出迎えてくれた。引き戸を開けて玄関に入る。玄関の左側を見ると、暗い色の筒状の花器からマグノリアが枝を伸ばし、通り雨に濡れたかのように光っていた。光の雨が花に降り注いでいるみたいに、壁に映った影がきらきらと反射して見える。周囲には奇妙な薄闇が震えながら漂っていた。薄暗い玄関の砂壁。三和土《たたき》には、訪問者を導くように、引き戸から一段高い上がり框《かまち》まで平たい小ぶりの石が並んでいる。ため息に満たされ、薄闇に生きてきた、この家の主人の秘めたる思いがそこに潜んでいるような気がした。

玄関に迎えに出てきた日本人女性がローズをこの部屋に案内した。寝室の隣にある浴室には風呂が用意され、光沢のある木製の大きな浴槽から湯気が立ち上っていた。ローズは熱い湯に身を滑り込ませ、静寂と湯気に満たされた礼拝所のような浴室のくつろいだ雰囲気、木造の内装とすっきりした設《しつら》えに感じ入った。風呂から出ると、神聖な場所に向かうための装束のような木綿の着物、浴衣を身に着ける。そのまま、何とも言えないぬくもりを感じながらふとんに入った。そのあとは覚えていない。

かすかにノックの音がした。襖がするりと開く。昨夜の女性が現れ、精密な所作で小刻みに進み、窓の前に朝食を載せた盆を置いた。何か言葉を口にしたかと思うと、滑るようにそっと身を引き、膝をつき、頭を下げ、襖を閉めた。去り際、目線を落とした彼女の瞼がわずかに震えているのが目に入り、焦茶色の着物に赤い芍薬の刺繍の帯を締めたその美しさにローズは心を打たれた。去っていった女の澄んだ声の語尾はうやむやに消えたが、不思議と銅鑼《どら》の残音のような余韻を残していた。

ローズは見慣れぬ料理、そして急須や茶碗をじっと眺めた。どうやっても美しい所作などできそうもない。障子とガラスがはめこまれた簡素な窓の向こうに、風にそよぐ紅葉のシルエットが浮かび上がり、そのさらに奥にも眺めが拡がっているのが見える。川の両岸は草に覆われ、ところどころに石床や砂敷きの遊歩道、紅葉や桜の木々もあるようだ。浅瀬の中央、流れの緩やかなあたりは鷺《さぎ》の休憩所になっている。川のうえには晴れた空に雲が漂っている。勢いよく流れる力強い水音が聞こえ、思わずはっとする。ここはどこだっけ。もちろん彼女にはわかっている。ここは京都だ。だが、それでは答えになっていない。

また戸を叩く気配がした。「ウィ？」戸が開き、芍薬の帯の女が再び現れた。今度は、正座したまま、浴室のほうを指差し「Rose san get ready ?（ローズさん、準備はできましたか）」と問う。ローズはうなずいた。ローズは自問する。私はこんなところで何をしているのだろう。父の遺言を聞くために来たことはわかっているが、それもまた答えにはなっていない。礼拝所を思わせる広くがらんとした浴室の脇、洗面所の鏡の横に白い芍薬があった。花びらをほんの一瞬深紅のインクに浸し、乾かしている最中のような色合いだ。竹格子のついた小窓から差し込んだ朝の光が、蛍のように壁で躍っている。ステンドグラスを思わせる多彩な輝きに身を浸し、教会にいるみたいだとローズは思った。着替えをすませ、廊下に出る。右に曲がって進むと、閉まった戸に行きあたり、また戻る。板と紙でできた通路を行ったり来たり。角を曲がると、壁の一部がそこだけ暗い色をしており、木の引き戸があることに気づく。もうひとつ角を曲がると大きな部屋に出た。部屋の中央には紅葉の木がある。紅葉の木はビロードのひだのような苔に深く根ざしていた。紅葉の幹を撫でるようにシダが取り囲み、そのわきには石燈籠が置かれている。この坪庭をガラスがぐるりと囲み、そのまま空へとつながっている。小さく囲われたガラスの箱からあふれる光のもと、ローズは板張りの床、座椅子、艶のある座卓を眺めた。右側には、大きな素焼きの器に枝が大胆に活けられており、名は知らないが、妖精のように儚げな葉が揺れている。だが、紅葉の木がこの空間にただならぬ断絶をつくり出し、他のものは目に入らなくなっていた。ローズは紅葉が彼女を惹きつけ、彼女の息遣いを支配し、彼女の身体をも、枝をざわめかせている灌木《かんぼく》に変えてしまおうとするのを感じた。しばらくして、ようやく魔法から覚めたかのように気を取り直すと、ローズはガラスの坪庭の向こう側、川に面した広いガラス窓のところに行き、窓を開けた。窓ガラスは音もなく木のレールを滑っていく。川沿いの桜並木の道では、どの時空にも属さないモラトリアムを満喫するかのように、早起きの人たちがランニングをしている。ローズは自分も過去も未来もなく、しがらみも物語もない走者になりたいと思った。季節と山並みに抱かれた流れのなかのひとつの点になり、いくつもの町を横切り、海までたどり着くことができたらどんなにいいだろう。ローズは高みに目をやった。この家は、丘の中腹、木々の間に見える砂敷きの遊歩道を上った先にあるのだ。川の向こう岸にも、同じような小道、同じような桜、同じような紅葉があり、その先にも別の川が見え、路地があり、家並みがあり、町が広がる。そして視線が尽きるあたり、地平線には丘陵が連なっていた。

紅葉の君臨する広間に戻ると、あの日本人女性が待っていた。

「My name Sayoko.（サヨコと申します）」

ローズはうなずいた。

「Rose san go for a stroll？（ローズさん、おでかけしますか）」

サヨコは尋ねた。それからわずかに顔を赤らめ、癖のあるフランス語で「Promenade？（散歩？）」と尋ね直す。

またもや言葉の語尾はうやむやに消え、反響を残す。伏し目がちな瞼は白い貝殻のようだ。

ローズは当惑した。サヨコが言う。

「The driver outside. Wait for you.（外で車が待っています）」

「Oh, all right.（ああ、わかりました）」

急かされているのを感じた。だが、サヨコの後ろにある紅葉が再び気になりだす。惹きつけられる、不思議な木だ。

ローズは「I forgot something.（ちょっと忘れ物をとってきます）」と言って、広間をあとにした。

洗面所に戻り、彼女は白い芍薬と向き合った。血がついたような花びら。白い花冠。

「氷点《Hyoten》」と彼女はつぶやいた。しばらく花を見つめ、キャンバス地の帽子を手にすると、静寂と水の礼拝所を出て、玄関へと向かう。朝の陽光を浴びて、花器のマグノリアの花は蝶のように舞い遊んでいる。なんでこうなったのかしら、とローズは釈然としないまま自問する。家の前には昨日と同じ黒服に白帽の運転手が待っており、彼女を見ると頭を下げた。恭《うやうや》しく車のドアを開け、そっと閉める。バックミラーに映る運転手の細く墨で描いたような切れ長の目は、どこを見ているのかわからない。だが、その不在のまなざしが彼女には心地よかった。次の瞬間、運転手が子どものように微笑むと、硬い表情に明かりが灯った。

車は橋を渡り、対岸に着くと、あとは山に向かって走り続ける。ローズは京都の市街、コンクリートと電線、ネオン看板が織りなすカオスを眺める。どんよりとした街並みのところどころに寺のシルエットが埋もれている。山が近づいてきた。このあたりは住宅地だ。疎水沿いの桜並木に沿って車は進んでいく。降りたところは、土産物屋が並ぶ坂道の下のあたりだった。観光客が土産物屋を眺めながら歩いている。坂を上り、木造の門をくぐる。「Silver Pavilion.（銀閣寺）」と運転手が告げた。自分を封じ、ただ彼女のため、彼女を喜ばせるためだけにいてくれるその控えめな佇まいにローズは感動を覚えた。ローズは運転手に微笑み、運転手も会釈を返した。

そこは灰色の瓦屋根の木造建築が並ぶ昔ながらの世界だった。まず迎えてくれるのは、苔の生えた四角い空間に並ぶ、奇妙な枝ぶりの大きな松の木々だ。灰色の砂が敷き詰められた参道の中央に石畳が続く。その脇には熊手を使って平行な線が引かれており、ところどころにツツジが植えられている。ふたりは大きな庭に通じる門をくぐる。右側の池のほとりでは、翼を思わせる湾曲した屋根がせり出し、古寺は今にも飛び立とうとしているかのようだ。寺が生き物のように見え、ローズは怖くなった。時代を超えて残ったこの寺の障壁や回廊、水面に長く乳白色の影を落としている障子窓などには、何かこの世の者ならぬ生命体が取り憑いているのではないだろうか。正面には円錐の頂点を均《なら》した向月台《こうげつだい》があり、左側は一面に砂が敷き詰められている。砂の上には平行線が引かれ、その端は浜辺を思わせる波を描いて終わっている。全体を見ると、まずこの無機質な流れが目に入り、やがて台形状の小山、翼のような屋根をもつ寺に目が導かれる。遠くには水銀のように平らな池、飛び立つ鳥を思わせる形に刈り込まれた松の木。そしてまたツツジ。そこかしこに古びた石が置かれ、毛足の短い絨毯のようにつややかな苔に囲まれていたり、半ば池に沈んでいたりする。庭園の端には、高台があり、大勢の観光客がいる。ローズのいる場所と展望台の間の斜面にはあふれるような紅葉の林があり、レースを思わせる青葉が幹から流れ落ちるように繁っていた。

ローズは岩石と樹木の美に打ちのめされた。あまりの濃密さに茫然としていた。疲労感と恐怖を覚え、ここで生き直すことはできない、と感じた。だが、次の瞬間、何かを感じた。鼓動が速まり、腰を下ろせるところを探してあたりを見まわした。子ども時代を過ごした場所に帰ってきたような感覚。本堂の回廊に背を預けてぼんやりとたたずむ。ふとツツジから目が離せなくなる。薄紫の花びらから生まれた怯えと歓喜が、やがて混じり合い、新たな感情が生まれる。今、自分は澄んだ冷たい水のサンクチュアリの中心にいるのだ。

順路に従って進み、灰色の水のうえに架かった、小さな木造の橋の手前でしばし足を止めた。橋の先には紅葉の林と展望所がある。妙な枝ぶりの松が池の周りをぐるりと囲んでいる。見上げると、空から細い針がいっせいに降ってきそうだ。暗い色の幹は、地から吸い上げた力を緑の稲妻のなかに解き放っている。流れ動く雲や苔のなかに吸い込まれてしまいそうな気がする。先を行く運転手は歩調を崩さず、ときおりローズを振り返り、じっと待っている。やがて、ローズが身振りでだいじょうぶですと伝えると、彼はまた歩き出した。そのゆったりとした足取りにローズは安堵する。庭に圧倒され、木々の間で見失っていた現実世界のかけらを取り戻したようでほっとしたのだ。今度は、太い竹の林に囲まれた小道を進み、石段にたどり着く。手を伸ばせば、すぐ横の苔、紅葉の木が深く根ざしているビロードのような苔に触れることもできただろう。枝が見せる光景は、一段上るごとに完璧な構図をつくる。その舞踏のような眺めは彼女の心をとらえ、同時に逆なでするものでもあった。いや、その苛立ちさえも心地よいことに、彼女は自分でも驚いていた。ようやく小さな展望所に出る。見下ろすと銀閣、木造の建物と灰色の瓦屋根、模様が描かれた砂が見える。その向こうには、京都の街、さらに遠くには稜線。「We are East.（ここは東山）」と運転手が言う。そして、地平を指差し、「West mountains.（あっちが西山）」と告げた。

展望所からは、この街を見渡すことができる。どちらを見ても行きどまりは山。東、北、西と三方を山に囲まれているのだ。実際には大きな丘と呼んでもいいほどの〝山〟なのだが、そのくっきりと浮かびあがるシルエットが、そびえたつような高さを感じさせる。朝の光を受け、緑と青に染まった山々は、植物が混然とひとつの流れとなり、街に向かって押し寄せているかのようだ。ローズの正面、緑の丘の向こうに見える市街は、醜いコンクリートの色でしかない。ローズは足元の庭に目を戻し、その精密さに目を瞠《みは》る。硬質な存在感、苦しみを糧に磨き上げられてきた純粋な世界、子ども時代の感覚を思い出させるあの佇まい。昔見た夢のように、彼女は黒く冷たい水のなかでもがいていた。いや、昼日中、しかも水ではなく生い繁る木々と血に染まる白い芍薬の花びらのなかで溺れているのだ。

ローズは竹の手すりに肱をつき、近くにある丘を眺め、何かを探していた。すると、すぐ横で同じように肱をついていた女性が彼女に微笑みかけ、イギリス英語のアクセントを感じさせるフランス語で話しかけてきた。

「フランスの方ですか」

ローズは振り返った。銀髪の女性は上質なジャケットを着ており、顔には皺があった。

ローズの返事を待たずに、その女性は続けた。

「素晴らしいわね」

ローズはうなずいた。

「何世紀にもわたる献身と犠牲の賜物《たまもの》ね」と女は言い、自分の言葉に苦笑してみせた。

「たったひとつの庭のためにどれだけの犠牲が」と彼女は妙に軽薄な口調で続ける。だが、その目はじっとローズを見ている。ローズが何も言わないので、彼女はさらに口を開いた。

「イギリス式庭園のほうがましだと思いません？」

彼女は手すりを適当に撫でながら、また笑った。

「いいえ」とローズは言った。「ただ、この庭を見ていると何だか落ち着きません」

冷たい水の感触について話そうかとも思ったが、迷った末に、思いとどまった。

「昨夜着いたばかりなんです」とようやくローズは言った。

「京都は初めてかしら」

「ええ、日本に来たのも初めてです」

「日本は苦しみに満ちているのに、誰も気にしないの。不幸を厭《いと》わぬご褒美として、こんな庭を手に入れることができるのよ。神々がお茶を飲みにやってくる庭園」

ローズは不愉快だった。

「私はそうは思いません。苦しみは何かで埋め合わせできるものではありませんから」

「あら、そうかしら」とイギリス人女性は訊《き》き返してきた。

「生きるって苦しいものでしょう。人生から何かを得られるなんて私は期待していません」とローズは反論したが、イギリス人女性は向きを変え、ただじっと銀閣を眺めていた。

「苦しむ覚悟がないってことは、生きる覚悟ができてないってこと」

女性は手すりから身を離し、ローズに微笑んだ。

「滞在を楽しんでね」

ローズは運転手を振り返る。彼は、紅葉の枝影に消えてゆくイギリス人女性の後ろ姿を反感と不安をこめた目で見送っていた。ローズは石段を下った。銀閣の前にある池に続く、黒い石段を下り終えたとき、ローズはとつぜん、もう、どこにも自分を待つ人はいないのだという思いに襲われ、足を止めた。彼女は会ったこともない父の遺言を聞くために日本にやってきた。これまで彼女はいつも亡き人の幻影に振りまわされてきた。彼らに言われたとおりにしても何かが与えられるわけではない。彼女の目指す先にはいつも虚無と冷たい水があった。祖母の庭で過ごした午後のことを思い出す。白いライラックの花、庭の隅の雑草。さきほどのイギリス人女性の言葉がよみがえり、その言葉への反発も再燃する。「ありえない」と声に出して言ってみる。手すりにもたれ、灰色の水、銀閣、彫刻のような砂山、紅葉を眺め、そしてこの庭にある永遠という時間、子ども時代につながる大きな広がりに思いを馳せる。悲しみに身を沈めると、そこには透明な幸福のかけらがきらりと混ざっているのだった。

第二章

大昔の日本、伊勢のあたり、大海に面した入江のほとりに薬師《くすし》の女が住んでおりました。薬草をよく知るこの女は、誰かが苦しみをやわらげてほしいとやってくれば、気前よく薬を分け与えました。しかし、神が与えた宿命《さだめ》でしょうか、どうしようもないものだったのでしょうか、当の女薬師は、常に恐ろしいばかりの痛みに苦しめられていました。ある日、女の調合した撫子《なでしこ》のお茶で病気が治った貴人が彼女に問いました。「なぜ、おまえはその能力を自分が楽になるために使わないのか」女は答えました。「そうしたら私のこの力はなくなり、次の患者を治すことができなくなります」「自分が痛みに苦しむことなく生きられるなら、他人の苦しみなどどうでもいいではないか」と貴人はさらに問いました。女は笑い、庭に出ると、血のように赤い撫子の花を腕いっぱいに摘み取りました。そしてその花束を貴人に差し出して言ったのです。

「そうなったら、私はこうして花を誰かに差し出すこともできなくなってしまうでしょう」

血のように赤い撫子を抱えて

四十歳になるローズは、これまでのほとんどの時間を死んだように生きてきた。ローズは美しい田園で育った。彼女はそこで儚いライラックの花、野原や森の空き地、キイチゴや水辺のイグサと出会った。そして夕暮れ時、黄金色や水彩画を思わせる薔薇色に染まる雲の群れを眺め、世界の意味を見出した。夜になると小説を読みふけり、彼女は小道の散歩と物語で心を育んできた。それなのに、ある日とつぜん、まるでハンカチを落として失くしたかのように、彼女は幸せな生き方を見失ってしまったのだ。

思春期は陰鬱なままに過ぎた。他人の青春はきらきらと素敵に見えた。だが、自分のこととなると、思い出そうとしても、掌《てのひら》から水がこぼれ落ちるようにとらえどころがない。友人はいたが、親友というほど踏み込んだ関係にはならず、恋人たちは影のように目の前を横切っていっただけ。ぼんやりとした影と向き合うばかりで、日々は過ぎていった。彼女が生まれる前に母は父と別れたので、父のことは知らない。そして母自身についても、メランコリーと不在しか感じなかった。そして、母が死んだとき、彼女はその恐ろしいまでの苦しみのせいで、そこから脱け出せなくなった。その後、五年間、彼女は孤児のような心細さを抱えて生きてきた。この世のどこかに日本人の父がいることを知ってはいた。名前もわかっている。お金持ちらしい。母は特に関心がない様子で、時々、そんな話をしていた。祖母は沈黙していた。時折、父は自分のことを想っていてくれるのだろうかと考えはした。赤毛で緑の目をもつ自分に、日本人の父がいるなんて母の作り話ではないだろうか、自分には父などいないのではないかと思ったこともある。私はきっと無から生まれたのだ。だから誰にも愛着を覚えないし、誰も彼女につながろうとはしない。無が彼女をこの世に生み出し、さらには彼女の人生から生きる意味を奪っていた。

一方、そんな自分が他人の目にはどう見えていたのか、それを知ったところで、それはそれでローズを茫然とさせたことだろう。心の傷は彼女をミステリアスに見せていたし、うちに秘めた苦しみは、彼女を控えめで上品なひとだと思わせた。周囲のひとたちは彼女がなにも語らなくても、隠された激しい過去があるのだろうと想像していた。彼女は美しかったが、あまりにも毅然《きぜん》としていたので、近寄りがたい印象を与え、欲望の対象としては遠すぎた。彼女が植物学者であることも周囲を警戒させた。優雅でそうそう出会うこともない謎めいた職業であり、彼女の前で自分をさらけだして語るひとはいなかった。人生を過《よぎ》っていった男たちと肉体関係をもったものの、彼女はいつも感情を表さず、その様子は冷めているようにも、情熱を秘めているようにも見えた。要するに、彼女の欲望は数日間しか続かず、人間よりも猫が好きだった。彼女は花や植物を敬愛していた。だが、植物と彼女の間には目に見えない幕があり、ローズは植物の美をはっきりと見ることができず、その生命力に触れることもできない。それでも、見慣れた樹皮や花冠のなかに何かうごめくものがあり、何かを伝えようとしているのを感じることはあった。だが、時は過ぎ、悪夢に出てくる冷たい水、あの黒い水に彼女は次第に沈み、溺れていく。あの水が、少しずつ幸せな子ども時代の思い出までも支配していった。母に続いて祖母もこの世を去った。もうつきあっている男性もいないし、友人たちにも会っていない。彼女の人生は小さく縮こまり、氷のなかに閉ざされてしまった。そして、一週間前のある朝、父が死んだことを公証人から知らされた。こうして、彼女は日本行きの飛行機に乗った。日本に行くかどうかを迷いもしなかった。虚無のなかに生きる彼女には、それすらも他のすべてと同様、どうでもよかったのだ。表面上は、公証人の指示にただ従っただけだが、その裏には彼女がずっと抱いてきた満たされぬ渇きがあった。それが今、この京都ではっきりとしたのだ。

ローズは運転手のあとについて銀閣寺の大きな門を出ると、土産物屋が並ぶ坂道を下った。運転手が尋ねた。「Rose san hungry ?（ローズさん、おなかすきましたか?）」彼女はうなずき、「Simple food, please.（かんたんなもので）」と答えた。運転手は驚いた顔を見せ、しばらく考え、また歩き出した。疎水を越え、左に折れて下の道を行くと、歩道に立て看板を出している小さな家屋に行き着いた。看板の日本語はわからない。運転手は、短い暖簾《のれん》をくぐり、引き戸を開けた。あとについて店に入ると、なかは間仕切りのない広い一間で、焼いた魚の匂いがたちこめていた。中央には、炭火のグリルがあり、その上に巨大な換気フードが設置されている。左側のカウンターに八席、右側の厨房の横には皿や道具類の並ぶキャスターつきの棚と調理台がある。低い棚には、猫の絵が飾られた砂壁に沿って日本酒の瓶が並んでいる。木造の雑然とした店舗は、子どもの頃に連れていかれた安食堂を思わせた。

ふたりがカウンターに腰を下ろすと、大きな身体を丈の短い着物のような上着と揃いの色のズボンに押し込めた料理人が奥から現れた。店の女性が熱いおしぼりを運んでくる。「Rose san eat fish or meat ?（ローズさん、魚と肉、どっち?）」運転手が尋ねる。「Fish.

（魚で）」と彼女が答えると運転手は日本語で料理を注文した。「Beer？（ビール？）」再び尋ねられ、ローズはうなずいた。あとはふたりとも無言だった。雑然とした店内に無邪気な匂いが漂っている。黙って座っているとなおさら匂いが気になる。ローズはこの世界が昔ながらのやり方で動いているのを感じていた。昔。そうだ。そんなことは何の意味もないのかもしれないけれど。もうひとつ、思ったことがある。ここではいつも誰かがそばにいる。店の女性がふたりの前に漆塗りの盆を置いた。見知らぬ料理の小鉢が並んでいる。数切れの刺身と茶碗にもられた白飯、お吸い物。女性がすまなそうに何か言った。「Fish coming soon.（魚もすぐにもってきます）」と運転手が通訳する。料理人が串に刺した魚、鯖とおぼしきものを二切れ、グリルに置いた。料理人は大粒の汗をかいており、白いタオルで顔をぬぐう。パリだったら不快に感じただろうその姿を、ローズは自然に受け入れていた。冷たいビールをひとくち飲むと、白い刺身を口に運ぶ。「Ink fish.（ヤリイカ）」と運転手が言う。ローズはゆっくりと咀嚼した。軟体動物のやわらかさを口蓋に感じると同時に、猫や湖、灰のイメージが湧きあがってきた。わけもなく笑い出したくなった。どうせ、次の瞬間には、鋭利な刃物が降りかかってくるのだ。刃物は何を断ち切ろうとしているのだろう。つらい結末を迎えることがわかっているからこそ、つかの間の喜びが生まれるのかもしれない。ローズはもうひとくちビールを飲み、今度は運転手に「fat tuna.

（トロ）」と教えられた赤い刺身を口に入れた。さっきとはまったく違う味だった。加工されていない生の味わいに驚いていると焼き魚が運ばれてきた。箸で身をはがすのが難しい。心を集中させ、ゆっくり、注意深く箸を動かすとうまくいった。魚は繊細な味がした。空腹が満たされ、いつになく落ち着いた気分になった。

運転手とともに家に戻ると、ひとりの西欧人と思われる男が彼女を待っていた。ローズが《紅葉の間》に入ると、男は彼女に礼儀正しく挨拶した。その横では、サヨコが芍薬の帯の前で両手を重ね、ローズを見ている。ローズは何も言わなかった。男が彼女のほうに一歩、踏み出す。その歩き方に独特の癖があるのにローズは気づいた。水をかき分けるような歩みは、水面を割りながら進む船を思わせる。青とも緑ともつかない明るい色の目をしている。額には横一文字の皺があった。

「ポールと言います。あなたのお父さまのアシスタントをしていました」

ローズが無言のままなので、彼は言い足した。

「お父さまが美術商をしていたことはご存じでしたか」

ローズは首を横に振った。

「現代アートがご専門でした」

ローズは室内を見渡した。

「ここには現代的なものなんて、ひとつもないのに？」

男は微笑んだ。

「現代アートにもいろいろありますからね」

「あなたはフランス人？」

「ベルギー人です。もう二十年、日本に住んでいますがね」

ローズは男の年齢を推測し、二十代の頃に、何がきっかけで彼はここにやってきたのだろうと想像した。

「ブリュッセルの大学で日本語を学びました。京都に来て、ハルと出会い、一緒に働くことになりました」

「お友達だったのかしら」

ポールは少し考えてから答えた。

「最初は師匠と弟子でした。でも、最後のほうは、そうですね、友人でもありました」

サヨコが彼に言葉をかける。ポールは彼女の言葉にうなずき、ローズを紅葉の左にある座卓へと手招いた。ローズは穴の開いたゴム風船がしぼむように元気がなくなるのを感じながら腰を下ろした。サヨコがお茶を運んでくる。茶器はざらざらとした感触の焼きもので、手作りのようだった。ローズは手のなかで器をまわし、そのいびつな感触を味わった。

「シバタ・ケイスケです」とポールが言う。

意味がわからず、ローズはポールを見た。

「陶芸家の名前です。ハルは四十年にわたり彼のエージェントを務めました。シバタは詩人であり、画家であり、書家でもあります」

ポールは茶をひとくち飲んで続けた。

「お疲れですか。この先の予定を考えておきたいので、どの程度疲れているか、正直に言ってください」

「どの程度ですって？　疲労の程度ですべてが決まるわけじゃないでしょう？」

ポールはローズの顔を正面から見た。ローズは当惑し、返答を待った。

「ああ、そうですね。でも、あなたの体調を聞いておきたかったものですから。ええ、体調以外の細々としたことについてもお聞きしますよ」

「話したくないことだってあります」言葉にした直後、ローズはその攻撃的な口調を悔いた。

ポールは何も言わない。

「で、私に何をしろと？」ローズが尋ねた。

「話をすること、そして金曜日に公証人のもとに行くこと」

ポールは、ゆっくりと穏やかな口調でローズの目を見て話す。紅葉の向こう側の戸口からサヨコがやってきて、茶をつぎ足したかと思うと、ポールを不安そうに眺め、そのまま立ち尽くしている。両手はまた芍薬の帯のあたりで重ねられていた。ローズは言った。

「浴室に芍薬がありましたね。氷点《Hyoten》という品種です。大根島の火山灰の土で育成されたものです。氷点《Hyoten》というのは日本語でどんな意味なのですか」

「氷水。正確に言うなら水が凍りはじめ、氷が融《と》けはじめる温度、水の凝固点ですね」とポールが答えた。

サヨコがローズを見る。

「Volcano ice lady.（火山と氷の女）」とサヨコがつぶやいた。

「あなたは植物学者でしたね」とポールは続けた。

それがどうしたというの。ローズは玄関のマグノリアの前で感じたのと同じような苛立ちを覚えた。ポールが言う。

「ハルはいつもあなたのことを話していましたよ。一日だって彼があなたを忘れたことはない」

平手打ちを食らったような衝撃だった。そんなのひどい、と彼女は思った。何か言おうとしたが、それが肯定なのか、否定なのか、そもそも言われた言葉の意味を理解しているのかさえはっきりしないまま、首を振るのがやっとだった。ポールが立ち上がった。ローズもとっさに立ち上がる。ポールが言う。

「少し休んでください。あとでまた来ます。夕食は外でとりましょう」

寝室に戻るとローズは畳に寝そべり、腕を曲げて胸のうえに乗せた。黒い花瓶に丁寧に活けられた、血のように赤い三本の撫子は頭を垂れ、花びらをそっと支えながら戯れているようだった。中国原産の品種だろうか、シンプルな花びらに細い茎、花びらは殊更に濃い赤、深紅である。三輪の花、シンプルな花の無邪気さや香り高き瑞々しさを見ていると、ローズは何だか責められているような気がした。花の態度には何かしら彼女の心を乱すものがあった。激しい感情が通り過ぎる。ローズは眠りに落ちた。やがて、戸を軽く二度叩く音がして、ローズは飛び起きた。

「イエス？」

「Paul san waiting for you.（ポールさんがお待ちです）」サヨコの声だ。

一瞬ぼんやりとした後、思い出した。

「Coming.（今、行きます）」と応じながら、ローズは思った。チャイム、呼び出し、引率つきの遠足、これじゃ学校より大変だわ。

どのぐらい眠っていたのだろうとローズは自問した。けっこう長く眠っていたのかもしれない。時差のせいだ。他人の時間とは、いつも時差がある。洗面所の鏡を見ると、頬に枕のあとがついていた。とっさに口紅を手に取り、また戻す。〝いつもあなたのことを話していましたよ〟ローズは口紅を部屋の向こうに投げつけ、再び寝室を横切ると撫子を見つめ、落ち着きを取り戻した。

《紅葉の間》にポールがいた。

「さ、行きましょうか」と言いながら、こちらにやってくる。

そのとき初めてローズは彼が足を軽くひきずっていることに気づいた。そのせいで彼は川魚のように身を滑らせ、破調から流れを生み出しつつ進んでいくのだ。ポールについて玄関に行くと、マグノリアが静かに跳ね回り、競い合っていた。そのまま小さな庭を抜け、通りに出る。ピンクと赤紫のツツジが星型の花火のように道を縁取っていた。石燈籠の足元では、あちこちで見かけるような短毛のビロード地の苔があり、そこから飛び出すようにギボウシが伸びている。道の右側には紅葉の並木があり、左側の白壁には夕暮れの訪れとともに竹藪の影が揺れていた。

「どこに行くのですか」ローズは尋ねた。

「京都ではハルが出歩くとすぐに誰かに見つかってしまう。《きつね》は彼の唯一の隠れ家でした」

朝と同じように運転手がふたりを乗せ、対岸に連れていく。またもや、窓から見えるのはコンクリートの街と電線ばかりだ。店の前に着くと、引き戸の右側に赤い提灯が灯っており、夜の灯台のようだとローズは思った。店のなかは煙でよく見えない。店の奥、酒瓶が並ぶカウンターのなかから肉を焼く匂いが立ち上ってくる。手前にはくすんだ色のテーブルが四つ置かれ、上から吊るされたランプが薄闇を照らしている。黒塗りの壁には漫画のポスターや広告、スーパーヒーローのフィギュアが所狭しと並ぶ。そこらじゅうにビールケースや、中身のわからない瓶、漫画が転がり、要するに奇妙で怪しげな木造の空間だった。日本の飲食店というのはみな、こんなふうに子ども時代の屋根裏部屋のようにごちゃごちゃしているのだろうか、とローズは思い、自分が空腹であることに気づいた。ローズは言う。

「日本って、もっと無菌化されたイメージでした。揚げ物の匂いがするなんて想像してませんでした」

「プロテスタントの国じゃありませんからね。ええ、言いたいことはわかります。日本には、雑然としていて、にぎやかなところが多いですよ」

「あの家はちがうけど」とローズは言った。父の家とは言えなかった。

「すべてがそうだとは言ってませんよ」

ふたりの前に料理人がやってきた。額に布を巻き、眼鏡をかけた出っ歯の青年だ。ローズは青年がさりげなく彼女のことを気にしているのを感じた。ポールは彼と親しげに言葉を交わしている。やがてローズの父の名が聞こえたような気がしたかと思うと、青年の顔色が変わった。青年は眼鏡をはずし、目元をぬぐった。しばらく沈黙した後、青年はローズを見て、何か言った。

ポールが通訳する。「よくいらっしゃいました」

それだけ？　とローズは思った。

「肉は食べられますか」とポールが尋ねる。

「ここはどういったお店なのですか」

「焼鳥屋です」

「ああ、ヤキトリならだいじょうぶです」

「ビールにしますか。日本酒にしますか」

「両方」

青年とポールの間で短いやりとりがあり、その後、ポールとローズはふたりきりで向き合った。言葉のないまま漠とした時間が過ぎ、ローズは居心地が悪くなる。そのとき、青年がふたりの前に冷えたビールのジョッキをどんと置き、ローズは思わず身をすくめた。今朝と同じ思いが心を過る。ここではいつも誰かがそばにいる。誰もひとりにさせない国とはどういうことだろう。ポールが話し始める。

「ハルの生家はつましい暮らしをしていました。この店の焼き鳥は、彼が子ども時代を過ごした飛騨高山での生活を思い出させるものだったんです」

そしてジョッキをもちあげる。

「献杯」

ポールはローズの返事を待たずにビールを長々と喉に流し込んだ。

不思議なことにローズは黒い花器の赤い三本の撫子を思った。料理人が焼き鳥の盛り合わせと日本酒の瓶を卓上に置く。ローズはビールを半分ほど飲み干し、人心地がついた。

「飛騨高山のお酒です」とポールが酒をつぎながら言う。

「飛騨高山？　私を感傷に引きずり込もうとしているのかしら」

ポールは、ローズが困惑するほど、まっすぐに曇りのないまなざしで彼女の目を見つめ、ビールをひとくち飲んだ。ローズはポールの弓なりの眉や横一文字に皺のある額を見つめた。日本酒はひんやりと果実のような味わいで喉越しも良く、焼き鳥もいい匂いがした。酔いを感じる。無言のまま食べるうちに、かなりの時間が過ぎていた。もうすぐ食べ終わるというのに、話らしい話はしていない。ローズはくつろぎ、当初の緊張はなくなっていた。だから、ポールが再び口を開いた途端、彼女はやさしい夢想から引きずり出されたような気がしたのだ。

「ハルは生きているうちにあなたに何もしてあげられなかったことを何よりも悔いていました」

そんなのひどい、と彼女は思った。またこんなふうに驚かせるようなことを言って、胃に一撃を食らわせるなんて。ローズはむっとして言い返した。

「じゃあ、どうして」

ポールはとまどったように彼女を見つめた。

「おわかりでしょう」と彼は言った。

わかっている。ええ、わかっていると彼女は腹立たしくなった。そして、再び尋ねる。

「どうして、後悔していたのでしょう」

ポールはビールをひとくち飲んだ。そして、丁寧に言葉を選びながら、ゆっくりと応じる。

「与えることが、生きることだと彼は思っていたからです」

「彼は仏教徒だったの？　あなたは？　あなたもキリスト誕生のクリスマス飾りにうっとりするようなひと？」

ポールは笑った。

「僕は神様を信じない。でも、ハルは自分なりの解釈で仏教の教えを守っていました」

「自分なりの解釈？」

「彼は芸術を愛していたからこそ仏教を大事にしていた。仏教は芸術性の高い宗教だと考えていたんです。彼にとっては酒も仏教でした」

「大酒飲みだったんですか」

「ええ、でも、酔っぱらったところは一度も見たことがありません」

ポールはジョッキを空けた。ローズは敵意をこめて彼を見据えた。

「私は請われたから来ただけです」

「きっと、そうだろうと思っていました」

ローズは皮肉な思いで苦笑した。

「で、今になって私に何をくれるというのでしょう。もういない人、死んでいる人から何かをもらえるとはね。お金？　謝罪？　漆塗りのテーブルでもくださるのかしら」

ポールは答えない。ふたりはそれ以上何も話さなかった。だが、外で待たせていた車に戻り、夜が暗い流れのようにふたりの頭上を漂うのを感じ、燈籠の明かりに照らされた庭を横切り、玄関のマグノリアの枝の前でポールが暇乞《いとまご》いをするまでのうちに、ローズは自分でもそれが何を意味するのかわからぬまま、花々の力を自分のうちに感じるようになっていた。その樹皮や花冠にある何かが、震えながら彼女に何かを伝え、彼女の気持ちを感じ取ろうとしている。疲れ果て、混沌とした思いにとらわれながら、彼女は眠った。夜、彼女は夢を見た。夢のなかで、ようやく撫子が何を求めていたのかがわかった。花は摘んでもらうのを待っていた。誰かに差し出されるのを待っていたのだ。ローズは花に手を近づけ、茎をつかみ、雫が畳に垂れるのもかまわず、水から引き上げた。すると、寝室の暗い片隅に、赤い血の色をした三本の撫子をポールに差し出し、こんなふうに言う自分の姿が目に浮かんだ。

「そうなったら、私はこうして花を誰かに差し出すこともできなくなってしまうでしょう」

第三章

欧州が啓蒙の時代（啓蒙思想が主流となった十七世紀後半から十八世紀にかけて）にあった頃、まだ封建時代にあった日本に小林一茶という名の俳人がおりました。大変な苦労人であった彼は、ある日、京都の禅寺、詩仙堂に立ち寄りました。彼はここで座敷に腰を下ろし、長い間庭を眺めていたといいます。見習い僧が庭に真円を描き、円のうちにある砂の繊細さ、石の美しさを自慢げに語りました。一茶は無言のままでした。若い僧はさらに石庭の深遠な意味について熱弁をふるいました。それでも一茶は黙っています。若い僧はその沈黙をいぶかりながらも、円の完璧さについて力説しました。すると一茶は、砂と石の向こうにある見事なツツジを手で示し、若い僧に言いました。「円の外に出てごらんなさい。ほら、そこの花が見えるようになりますよ」

ツツジが見えてくる

ローズは月の光を全身で感じて目を覚ました。見上げると、開け放たれた窓枠のなか、孤独に光る月の姿があった。ふとある光景を思い出す。田舎の葡萄畑の眺めだ。日本に来てまで思い出すなんて妙なことだ。その日は暑く、蟬が鳴いていた。ローズは目を開き、横になったままゆっくりと深呼吸した。世界がまわる。それでも彼女は動かない。風が吹く。それでも動かない。暗がりのなかこうして静かにしていると、どこにいるのか、いつのことなのかわからなくなる。ローズは再び眠りに落ちた。

翌朝、ローズは起きるとすぐに、昨日の夕食のときのこと、そして何とも言えない存在感を放つ月の光のことを考えた。シャワーを浴び、着替えて《紅葉の間》に行くと、サヨコがいた。明るい色の着物に、橙《だいだい》色の帯、帯には灰色のトンボが描かれている。サヨコがローズを座卓に招き、昨日と同じように朝食を載せた盆を運ぶ間、ローズはまたもサヨコの透き通るような瞼に見とれた。サヨコが言う。

「Rose san sleep well?（ローズさん、よく眠れましたか？）」

ローズはうなずいた。

「Driver say you meet kami yesterday.（運転手から聞きました。昨日、カミに会ったそうですね）」

「Kami?（カミ？）」

「Kami. Spirit.（カミ。精霊）」

訳がわからぬまま、ローズはサヨコを見た。昨日、精霊に会った？　やがて彼女は銀閣寺で出会ったイギリス人女性と、立ち去るその女を見送った運転手の表情を思い出した。

「The British woman?（あのイギリス人女性のことですか）」

サヨコは不満げだった。

「Kami.（神）」同じ言葉を繰り返す。

そして、心配そうに額に皺を寄せ、つけ加える。

「Bad kami.（悪い神）」

サヨコは頑な足取りで立ち去った。ローズは昨日よりも上手に箸で魚を食べることができたのが子どものように嬉しく、名も知らぬやわらかでとろけるような魚をじっくりと味わった。米飯には手をつけず、お茶を淹れ、そっとすする。気持ちの昂《たか》ぶりが抑えきれず、立ち上がると、新鮮な空気を求めて、川に面した窓を開けた。だが、水の勢いに押し返され、すぐに室内に取って返し、紅葉と向き合う。紅葉の木は、天と地をつなぐ光の井戸に根を下ろしていた。緑茶が、刈り取られた草の匂いを思い出させ、涙や野原を吹く風、苦しみがローズの心によみがえったが、そんな追憶も紅葉が吸い取ってくれる。ふと気づくと、さきほど胸に浮かんだ追憶は薄れ、祖母の声が聞こえてくる。「お願いだから、子どもの前で泣くのはやめてちょうだい」そのとき、家のどこかで戸が滑る音が聞こえ、ローズは思わず身をすくめた。しなやかでありながらぎこちない独特の歩き方で空気を切り、ポールが歩み寄ってくる。彼は、腕いっぱいに薄紅色の芍薬を抱えていた。

ポールはサヨコに花を渡しながら、ローズに声をかけた。

「出かける準備はできていますか」

ローズはとっさにうなずいた。外では運転手がふたりを待っていた。少し肌寒いものの、よく晴れている。ローズは自分の身の軽やかさに驚いた。彼女は思う。でもどうせ、こんな軽やかな気持ちは長続きしないでしょう。続いたことなんてない。その日も車は対岸へとふたりを運んだ。ただし、今日は丘陵沿いに北上する。しばらく行くと車は右に折れ、豪奢な家の並ぶ住宅地の坂道へと入った。運転手が木造の門の前で車を停める。

「詩仙堂です。この季節、僕のお気に入りの場所なんです」とポールが言う。

「お寺なの？」

ローズの問いにポールがうなずく。ふたりは短い石段を上り、竹林のなかに続く石畳の道をたどった。竹藪の太い灰色の幹と黄色く枯れた枝葉は、石壁と藁葺屋根の田舎家を思わせた。小道の両脇には白っぽい砂の帯がある。線状の模様がついた砂の帯は、鉱物なのに川の流れを思わせる。ローズは静かな水の動き、繊細な輝き、白い水が軽やかに跳ねるのを感じた。再び短い階段を上ると、寺の正面に出た。壁と生け垣に囲まれた庭には、さきほどと同じ砂が浜辺のように広がっている。唯一の彩りはツツジの茂みだ。ふたりは靴を脱ぎ、本堂に上がった。廊下を曲がると、庭に面した畳敷きの広間に出る。ポールは広間の中央に陣取り、ローズもその横に座った。ほかには誰もいない。


ほかには何も見えない。あるのは庭だけ。草木を揺らす風、丸みをおびた低木があるだけだ。アイシャドウのように細かい砂のなかに大きな石やツツジ、ギボウシの茂みがあり、その周りを囲むように熊手で曲線が描かれている。だが、この砂に描かれた曲線のなかには人生のすべて、これまでの年月、時間があるのだ。完璧なまでに省略された光景から宇宙が生まれる。ローズの心は砂と踊り、その流れに寄り添い、石や緑の葉の周囲を回る。

もう一度、もう一度。日々も意味も円を描いて循環し、心はいつまでも庭を回り続ける。私は気が変になってしまったのだろうか。もうやめようと思い、また同じことを繰り返し、鉱物のつくる循環に入り込み、陶酔に身を任せる。空が見える。何も見えない。世界はこの砂と円環の眺めに閉じ込められてしまったのだ。

「春になると皆さん、ここにツツジを見に来るんですよ」とポールが言った。

矢が突き刺さるように、ふと思いついたことがあった。

「私をここに連れてくるように頼まれたの？　ここや銀閣寺に来るようにコースを決めたのも彼なの？」

答えは返ってこなかった。ローズは再び描かれた円と砂、心のうちを示すという線を眺めた。ふと目をやると、大きく繁ったツツジが味気ない庭をやさしい緑で縁取っている。

「最初は円い模様ばかり見ていて、ツツジに気づかなかったわ」

「禅の世界に円相というものがあります。閉じているのに開いているということです」

ポールの言葉に好奇心がくすぐられ、ローズは自分でもそれを意外に思った。

「どういう意味？」

「好きなように解釈していいんですよ。ここでは現実なんて意味がないのですし」

「私をあちこちに連れていくよう、あなたに頼んだのはそれが理由なの？　厄介な荷物を運ぶみたいに、あっちこっち連れ回して。円のなかに現実を溶かして、砂のなかに溺れさせようとでもいうのかしら」

ポールは何も言わずじっと庭を見ている。そして、ついに口を開いた。

「あなたは植物学者なのに、ちっとも花を見ていないんですね」

ポールの声に彼女を責めたり、裁いたりするような響きはなかった。

「僕のいちばん好きな詩は一茶の俳句なんです。『世の中は地獄の上の花見かな』っていう句なんですよ」

彼は日本語で暗唱したあとにフランス語訳を言い添えた。

ローズは、どこかで鳴り続けている音に気がついた。寺に着いた時からずっと、生き生きと流れる水の音に重なるように等間隔で乾いた音が聞こえていた。とつぜん何かが変わった。砂が形を変え、凝縮されて、よくある砂時計の砂のようにさらさらと流れ出したかと思うと、いつしか姿を消す。木々や鳥のさえずりや、風の音のなかで、景色がひとりでに立ち上がり、展開されてゆく。そのとき初めて、低く流れる水や、水の流れを受けて傾いては石にあたる竹筒の音が、ローズのなかで意味をもち始める。紅葉、菖蒲、そして、そこかしこに植えられ、いにしえの砂に根を下ろしたツツジの群れ。全身に戦慄が走ったかと思うと、すっと静まる。ローズは見知らぬ庭で迷子のようにたたずんでいた。だが、どこか、現実が意味をもたない場所で、彼女はそこにない花を見ようとした。ふたりは立ち上がった。

「ランチの場所もあのひとに指示されているんでしょうね」

「いや、レストランは指定されていません。でも、その前に、あなたを連れて行きたい場所があります」

「あなた、私のガイド役以外にすることはないの？　ご家族は？　お仕事はだいじょうぶなの？」

「僕には娘がいます。でも、ちゃんとしたところに預けているからだいじょうぶですよ。仕事の方は、あなた次第ということになります」

ローズは、ポールの返答を受け、少し考えてから尋ねた。

「お嬢さんはおいくつ？」

「十歳。アンナといいます」

アンナの母については聞かなかった。ポールには妻がいるのだと思うと気持ちがざわついた。だから、それ以上は考えまいとしたのだ。

家に戻ると、玄関に今朝の薄紅色の芍薬が何とも言えぬ複雑なかたちに活けてあった。ローズはポールのあとについてゆく。寝室の前を通り過ぎ、廊下の突き当たりまで進む。昨日は行きどまりだと思ったところに引き戸があり、ポールがそれを開ける。二面に大きな窓のある和室だった。片方の窓は川に、もう片方は北側の山に面している。東側、座卓のうえには木の葉を数枚散らした書道で使うような和紙を張った照明が置かれていた。窓と向き合う壁は明るい木目の板張りになっている。まず窓越しに川が目に入り、次に、織物のように頂を連ねる山の姿を眺め、それからようやく、木目板に貼られた写真に気がつく。

そのうちの一枚には夏の庭で遊ぶ赤毛の少女が写っていた。少女の後ろには、石垣が隠れるほど大きなライラックが白い花を咲かせている。視線は右に流れ、緑と青の丘が連なる渓谷、蛇行する川やふっくらとした雲を浮かべた空へと続く。何枚か他の写真を眺めるうちに、ようやく気づいた。この写真だけが被写体の了解を得て撮られたものだったのだ。ほかの写真は望遠レンズで撮影され、少女はカメラの存在に気がついていない。アングルも撮影された季節もばらばらだ。

「どうしてこの写真がここにあるの？」ローズは赤毛の少女の写真に近づきながら尋ねた。

「あなたのおばあさまが」

「えっ？」

「ある日、あなたのおばあさまから送られてきたそうです」

「これだけ？」

「ええ、これだけです」

　ローズは壁の写真に目を走らせた。盗み撮りされた写真は、さまざまな年齢の彼女の姿をとらえており、祖母や友達、ボーイフレンドや恋人と一緒にいるものもあった。ローズは畳に膝をつき、悔悟する時のように頭を垂れる。自分がもう終わったと思っていた事実、願ってきた真実が、彼女の怒りを掻き立てた。ローズは顔を上げた。

「母と写っているものは一枚もないのね」

「ええ」

「ずっと私のことを盗み見してきたってことじゃない。母の写真は一枚もない」

「別に隠し撮りしたわけじゃない」とポールは言った。

　彼の澄んだ瞳を前に、ローズは追い詰められた気持ちになり、激昂した。

「こういうのを何と言ったらいいのかしら」

「あなたのお母さん、モードがハルに遺したものはこれしかないんです」

「私の人生に母なんていなかった」

ローズは立ち上がった。

「父もいなかった」

彼女は再び膝をついた。

「ハルがあなたを気にかけていると想像したこともなかったのですか」とポールが言った。

ローズは答えない。

「怒っているんですね」

「怒って当然でしょう」とローズは、怒りのあまり写真を指差しながら小さな声で言ったが、自分の声が震えていることに気づき、恥ずかしくなった。

写真の少女と今のローズの間には空白の時間があった。ローズはライラックの庭にいる赤毛の少女を見つめた。怒りがさらに大きくなり、やがて何の予兆もなく姿を変えた。子どもの頃、彼女は幸福と呼ばれる充実した生を味わった。その後、虚無のなかに沈み、幸福な記憶すら失ってしまった。今、美しい果実がたっぷり盛られたコンポート皿のように幸福の記憶が目の前に再現されていた。熟した桃の香りが漂い、虫の羽音が聞こえた。時間が萎《な》えていくのを感じた。どこか、心といわれる場所、身体の奥で音楽が鳴っている。世界は液状になり、彼女はその流れに身を任せる。人生は銀色の糸で織られた布だ。銀色の糸は庭の草のなかを蛇のようにゆらゆらと進む。ローズはそのうちの一本、いちばん明るく、いちばん強く光るものを追いかける。今度こそ、その糸は長く長く延び、永遠に続く。

「怒りは怒りだけで終わるものではないでしょう」とポールが言う。

じっと夢想に浸っていたローズは我に返った。音なき音をたてて円をつくっていた弧は再構成される。ローズは目が覚めた途端消える夢を書き留めようとするように、目の前に見えた美しい果実を記憶にとどめようとするが間に合わない。

「サヨコは、私が銀閣寺で神に会ったと運転手から聞いたそうです。それも、悪い神様に」

ポールが彼女の隣に腰を下ろした。

「あの寺ではだれにも会っていません。イギリス人観光客の女性とちょっと話をしただけです」

「サヨコにしろ運転手のカントにしろ、あのふたりには変わったところがありますからね。彼らの言うことが正しいかどうかは僕にもわかりません」

「そのイギリス人女性から、苦しむ覚悟がなければ生きる覚悟はできないと言われました」

ポールは短く笑った。ローズに笑いかけたのではない。

「苦しみなんて、何の役にも立たない。まったく何の役にも」とローズは言った。

「でも、苦しみはそこにあるんです。どうしたらいいのでしょう」とポールが問う。

「そこにある以上、受け入れるしかないのかしら」

「受け入れる?」ポールは彼女の言葉に鸚鵡《おうむ》返しで応じ、続けた。

「僕はそうは思いません。氷点と同じです。その温度よりちょっとでも高ければ水になる。ちょっとでも低ければ固形物のなかに閉じ込められる」

「それがどうしたというの。結局、苦しまなければならないってこと?」

「いや、ただ僕が言いたいのは、氷点を下回ればすべてが一緒くたに凝り固まってしまうということです。苦しみも喜びも、希望も絶望も」

氷点《Hyoten》、とローズは思う。もう花の話はうんざり。

「うちはひとつの感情に囚《とら》われる偏狂《モノマニー》の家系なの。母はずっと悲しんでばかり。私はずっと怒っている」

「おばあさまはどうでした?」とポールが尋ねる。

部屋を出る間際、ローズは振り返った。窓という額縁の向こうに見える、山の青々とした頂は、靄《もや》のなかに沈んでいた。晴れた日に地から湧きあがる靄は、尾根も山頂の高低もぼんやりと隠し、見えないインクや力を感じさせながらも、透明感のある墨を塗り重ねたように世界をつややかに見せていた。

車に乗っても、ローズは不機嫌な子どものようにふるまっていた。気まずい沈黙が続いていたが、あえて静寂を破ろうとはしなかった。ポールが選んだ店は彼女の好みにあっていた。だが、わざわざ褒めるようなことは言いたくなかった。ふたりはカウンターに身を落ち着けた。明るい光沢のある木材で統一され、装飾のない店内は簡素な山小屋のようだ。並んで座ったふたりの正面、明るく照らされた床《とこ》の間《ま》には、牡蠣の殻を思わせる凹凸のある素焼きの壺が置かれ、そこから湧き出るかのように紅葉の枝が活けられていた。ポールが注文し、ほどなくビールが出てきた。このまま黙って昼食をとるのかと思っていたら、ビールに一、二度口をつけた頃合いで、ポールが話し始めた。

「ハルは飛騨高山に近い山奥の村で生まれました。実家は滝のすぐ近くに建っていた。その滝も川も冬の三か月間は凍りついていたそうです。ハルの父は町で酒造場を営んでいて、毎日、山を下りてふもとの町に通っていた。ハルに連れていってもらったことがあります。浅瀬の真ん中に大きな岩があってね。その岩の上に雪が降り、落ちては溶ける雪のかけらを眺めながら大きくなったとハルが言っていました。その岩が彼の運命を決めたのだそうです。雪のなかの木々や滝、氷の眺めがね」

ああ、また氷だ、とローズは思う。

「ハルは十八歳で京都にやってきた。資金もないし、知り合いもいなかった。でも、ハルは間もなく、陶芸家や彫刻家、画家や書家など、素材《マチエール》と本気で向き合う人たちと知り合いになった。彼らの作品を扱うことでハルは財産を築きました。生まれながらに商才があった。それに、誰からも愛される人物でした」

ポールは彼女の目をのぞき込んだ。ローズはまたしても苛立ち、玄関の見事なまでのマグノリアを恨みがましく思い出していた。

「だが、彼は一日として金勘定のためだけに生きたことはありませんでした。彼が望んだのは、自由だった。彼なりのやり方で故郷の川のあの大きな岩に恩返しをしたい。そして、あなたが生まれてからは、娘に慰めとなるようなものを残したい。それが彼の生きがいでした」

「慰め？」

「慰め」

ローズはビールをひとくち飲んだ。グラスをもつ手が震えていた。料理人が現れ、軽く頭を下げた後、紅葉の枝の左側にある小さなガラス張りの冷蔵ケースから魚の切り身を出した。まさか、こんなところで蛸《たこ》の触手や橙色のウニといった、生身の海産物と向き合うとは思っていなかった。暴力的なものや言葉――いや、今、突きつけられているのは言葉ではなく死かもしれない――を前に、思い切って拒絶すべきだと思った。だが、それすらもどうでもよくなってしまう。この木と紙の国では幾度となく好奇心が掻き立てられ、これまでなら嫌がっていたはずのものも、はねつけられなくなってしまう。目の前に、山道のようにでこぼこした黒や灰色が混ざりあう四角い皿が置かれた。その地面を思わせる皿にガリが盛られ、トロの握りが載せられる。彼女は浮き輪にすがるような思いでその赤い身を口にした。今までとは違う別の身体になりたいと求め、考えることを忘れ、胃袋だけの存在になってしまいたかった。とろけていく魚と酢飯の取り合わせが彼女を落ち着かせた。再び肉体を取り戻したことに安堵し、父のことがわかった。ローズもまた生の素材《マチエール》に救われたのかもしれない。ローズは土の皿の手ざわり、生々しい魚と米の食感に救いを感じた。昼食を終えるまで、もう話はしなかった。玄関に飾られた薄紅色の芍薬の前で、ポールは暇乞いをし、夕食時にまた迎えに来ると言った。もし、彼女が市街に出たければ、カントが車で案内するともつけ加えた。

ローズは寝室に戻り、畳に横たわった。私は花を見ずに地獄の上を歩いてきたと彼女は思った。そう思うと同時に詩仙堂の大きなツツジが見えてきた。眠りに落ちると、瞼の裏で大きな美しい円が生まれては消え、また浮かんできた。艶のある深い墨で描かれた円は夢と現実の間を漂い、見事な螺旋《らせん》を描き出す。ローズが永遠に続く流れに見入っていると、やがて、円は動きを止め、弧が破れたかと思うと、その裂け目から雲が漂い始めるのだった。

第四章

平安時代、孤独に沈む島国の中心が京都にあった頃のことです。少女は朝早く、都《みやこ》の中心から一時間ほど歩き、伏見稲荷へと向かいました。米飯を供えに来たのです。祭壇に近づき、ふと脇を見ると、夜のうちに咲いたらしい花がありました。あやめです。白い花びらには青い斑紋があり、橙《だいだい》色の雄蕊と赤紫の花芯がありました。

花の間に狐が座り、少女を待っていました。

少女は一瞬、狐を眺め、それからご飯を差し出しました。だが、狐は悲しそうに首を振ります。困った少女はあやめを手折《たお》り、狐の鼻先に差し出しました。狐は花をくわえ、美味しそうに食べました。それから喋りだしました。少女には狐の言葉がわかりました。ただ、狐が何を言ったのかはどこにも記されておりません。それでも、この少女がこの国の有名な作家になり、一生をかけて愛の物語を書き記したということだけはわかっております。

あやめを手折る

ローズはしばらくの間、開かれた円の動きに酔い、ぼんやりと心を漂わせて、うつらうつらしていたが、やがて、何も感じなくなった。窓の向こうに川面が見える。ローズはキャンバス地の帽子をつかむと寝室を出た。

広い《紅葉の間》には誰もいなかった。透明なガラスを片手で撫でていると、背後からすり足でやってくるサヨコの足音が聞こえた。振り返ったローズはあらためて、目を伏せたサヨコの和紙のような瞼に見入る。紅葉の葉が黙って見守るなか、ほんの一瞬、ふたりはじっと見つめ合った。やがて魔法は解け、ローズは咳ばらいをし、ようやく口を開く。

「I'm going out for a short stroll.（ちょっと外を歩いてきます）」

それからフランス語でつけ加える。

「プロムナード」

広間を横切ったローズは、部屋を出る直前で引き返し、サヨコに尋ねた。

「Volcano ice lady？（〝火山と氷の女〟ってどういうこと？）」

サヨコはローズを見つめ、ちょっと待っていてほしいと手振りで伝えた。部屋から姿を消し、すぐに戻ってきたサヨコの手には白い長方形の紙があった。ローズはその紙片を受け取り、裏返す。

「Daughter of father.（お父さんに似ている）」とサヨコは言う。

黄ばんだ写真には、レンズに向かって半ば振り返った十歳前後の少年の姿があった。背後には雪の積もった岩肌に落ちる滝の白いしぶき。その奥には松林の山、凍てついた岩肌、暗い下草が見えた。

「Same look. Ice and fire.（同じ姿。氷と火）」とサヨコが言う。

首の後ろにのしかかってくる世界の重さに負けて膝を折り、うなだれてしまいたくなったが、かろうじて持ちこたえた。写真のなかの少年の目をじっと見る。白い雪と白い水しぶきを背景に、少年の目は黒く力強く、どこまでも深い井戸のようだ。ローズは写真をサヨコに返し、向きを変えて部屋を出る。外の庭まで来てようやく足を止める。似ている。竹細工の庭木戸を開け、家を回り込み、川沿いの砂敷きの遊歩道に出た。私は赤毛だけど、父に似ている。黒い瞳に圧倒され、急流の力強さに押し流されるように、しばらく歩いた。

水と地面の境目、水と空の境目が揺らぎ、風も熱もない、氷も小鳥のさえずりもない空っぽの空間が生まれる。そこは、素材《マチエール》が溶け合い無となる空間だ。自転車がすぐ横を走り抜け、ローズはとっさに身を引いて避けた。拳を握りしめていたことに気づき、現実に戻る。空は晴れていた。大きな鷺が井草の茂みに守られた淵にくつろぎ、人々が散歩している。歩き続けるうちに、川沿いの道は広くなり、砂敷から砂利に変わっていた。草が風を受け、羽根のように優雅に揺れている。順序がおかしい。ローズは思う。父の姿を見たことがないのに、最初に出会ったのが子どもの顔をした父だなんて。驚きと当惑、怒り。そして何か憐憫《れんびん》のようなものを感じた。

ふと見ると目の前に大きな橋があり、多くの人が行き交っている。ローズは石造りの欄干に手を伸ばす。橋の中央まで来て、流れを見下ろすと、よるべなく流されていく小枝のような気持ちになった。道は商店や飲食店、マッサージ店が並ぶアーケードへと続く。だいぶ長く歩いた。電話も財布も持たず、家から遠いところまで来てしまった。右に曲がり、少し行ったところで、墨とお香の匂いがする文具店に入った。間仕切り板にぶら下げられた何も書かれていないかけ軸に歩み寄る。どうやら色紙《しきし》の四隅を、布でできた留め具にはさみ込んで、中央に書画を飾るらしい。高級そうな白い色紙もその下に陳列されていた。

毎日、違う色の墨が夢に出てきそう。横には、お香、線香立て、筆、上質紙、花や葉の模様をあしらった箱が並ぶ。こんな世界に生きてみたかったと思う。芳《かぐわ》しい木材に囲まれ、花びらと雲の夢のなかで生きていけたらよかったのに。臙脂《えんじ》色の軸がついた筆の感触を指で確かめていたその時、人の気配を感じてローズは振り返った。すぐ後ろに、銀閣寺で出会ったあのイギリス人女性がいた。

「京都は狭い町だから、ばったり再会するのは珍しいことじゃない」と女性は言った。そして、ローズに手を差し出す。「私はベス。京都滞在を楽しんでいらっしゃる?」

彼女は白い絹のワンピースを着て、丈の長いエレガントなジャケットを羽織っていた。

「ええ、とても。大いに楽しんでいます」とローズは答えた。

「そのようね」と、それが皮肉なのかどうかわからないまま、ベスも応じた。

「京都にお住まいなのですか?」ローズは尋ねた。

「まあ、住んでいるようなものね。あなたは、どうして日本に来たの?」

ローズは言いよどんだ。そして、崖から身を投げるように、思いがけず答えてしまった。

「父の遺言を聞きに来たんです」

静寂が訪れた。

「お父さまは日本人なの?」とベスが尋ねた。

ローズはうなずいた。

「もしかして、ハルのお嬢さん？」

再び静寂が広がる。私はハルの娘なのだろうかとローズは自問する。私の父は、凍てついた山に立つあの少年。

「知り合いだったのですか」

「ええ、親しかった」とベスは答えた後、ローズの背後に目をやる。

「あなた、尾行《つけ》られていたのね」

見ると、線香売り場の前にカントが立っていた。

「はい、これ」と言ってベスはローズに名刺を差し出した。「暇な時にでも、電話して」

ベスは運転手にからかうようなしぐさをした後、店を出ていった。ローズはカントに歩み寄る。

「Shall we go back home？（帰りましょうか）」とローズが尋ねた。運転手はほっとした顔を見せ、うなずき、手振りでついてくるように促し、歩き出した。アーケードに出ると右に折れ、屋根のない大通りに着いた。そこでタクシーを拾う。ローズはタクシーの座席を飾る白いレースや、運転手の白い手袋、芝居じみた帽子をからかいの目で眺めた。辛辣《しんらつ》な気分だった。そう。傷つけることに意味があるのなら、何にでも噛みついてやりたい。

噛みつくだけで生きていけるものなら、そうしたい。家の前の庭には、薄紫のツツジが上品な花をつけていた。繊細な折り目がついたやわらかな花びら、死にゆく星を枝が支えている。指先で芍薬の花を撫でて、玄関を通り抜ける。《紅葉の間》に行くとポールがいた。ガラスにもたれて腰を下ろし、伸ばした足を組んでいる。何か読んでいるようだ。ローズに気づいて目を上げた。

「さて、またジェット・コースターだか、ローズ・ウォーター・スライダーだかに乗せられるのね」

「あなたが言うと、皮肉もさまになりますね」とポールは応じた。

返す言葉がなく、ローズは沈黙した。

「子どもの頃からいたずらっ子だったんでしょう。写真を見ればわかりますよ」と言いながらポールは立ち上がった。

ポールがたった今、口にした言葉はローズをうんざりさせた。話題を変えようと、彼女は本を指して言った。

「何を読んでいたんですか」

「俳句です」

表紙に書かれた漢字は風に揺れる葦《あし》を思わせた。墨で描かれた真円の裂け目に鳥と雲が漂っている。

「誰の？」

「小林一茶です」

「ああ、地獄と花のひとね」

「地獄の上のね」

昨夜の焼鳥屋の前を通り過ぎ、銀閣寺の近くまで来て、運転手と昼食をとった時と同じ道に入ったのがローズにもわかった。連れていかれた店は、昨日来た、なつかしい物置小屋のような店の向かいにあったのだ。ここでも彼女は、失われた世界、森のなかの小屋にいるような幻想、忘れていた生活の追憶に浸った。入って右側に、障子のような衝立《ついたて》があり、一段高くなった畳敷きの部屋には座卓が並び、客が食事をしている。左側にはカウンターがあり、その奥に厨房が見え、立派な器が並ぶ棚があった。すべてが焦げ茶色、灰色、土の色で温かみがある。砂壁には書やかけ軸が下がり、皺の入った上品な和紙の照明がそこここに置かれている。こうした昔ながらの生活に浸って暮らすこともできたのかもしれないとローズは思う。ふたりはカウンターに座った。頭上にぶらさがった籠には、あふれんばかりのカキツバタが狐火のような花を咲かせていた。

「アイリス・ジャポニカ」と花を見上げながらローズが言った。「いい店ね」

「ビールにしますか」とポールが尋ねる。

「日本酒も」とローズは応じた。

喉越しの良い冷えたビールが出る。料理人がカウンターの向こうに現れ、細長い皿に見知らぬ野菜を載せる。皿はクレバスを越えて続く山脈のようだった。糸のように細く切った野菜やシブレットのようなネギを使い、平皿という箱庭に丘陵が生まれる。

彫刻作品のような一品がふたりの前に差し出されると、

「大根おろし、ネギ、きんぴらごぼう、ショウガ、京野菜です」とポールが説明する。今度は店の女性が温かい汁物の椀を運んでくる。白い麵の盛られた器、煎り胡麻の入った薬味には木匙も添えられている。

ポールは自分の椀を指して言った。

「胡麻を匙で三杯。それから、つゆに薬味の野菜を少し入れて、うどんをつけて食べる。少しずつね」

きりりと冷えた酒が出てきた。ローズはつゆに胡麻を入れ、香りを楽しむうちに、元気が出てきた。ちょっと緊張しながら、千切りにされたショウガと大根おろし、薬味を入れる。うどんをつゆに浸してすぐに出そうとするが、板張りのカウンターにこぼしてしまい、最後は指でつまみあげる。悪戦苦闘のすえ、手をとめ、ため息をつく。

「食べる前に疲れちゃう」

まわりを見てみる。皆、うつむいて顔を椀に近づけ、音をたてて麺をすすっている。ローズは意を決してうどんに挑んだが、麺はうなぎのように二本の箸のあいだをすりぬけ、ブラウスにつゆを飛ばして下に落ちた。

「私をからかっているのね」

ポールが微笑んだ。ローズはついにずるい方法を思いついた。箸を横にし、ピンセットのようにうどんをはさんで器から椀へ横に移動させたのだ。

「銀閣寺でイギリス人女性に会いました。ハルの知り合いだそうです」

ポールはおやと眉を動かした。

「上品な年配の女性でしたか」

「ええ、フランス語の上手な方」

「ベス・スコット。ハルの古い友人です。でも、彼女はハルが死ぬまで、あなたという娘がいることを知らなかった。葬儀の日、他のみんなと一緒に初めて知ったんです」

ローズは箸を置いた。

「みんな知らなかったの？」

「ほとんど誰も知らなかった」

「知っていたのは誰？」

「僕とサヨコだけ」

「他には？」

「他には誰も」

「あなたの奥さんも？」

「妻は死んでもういません」

ふたりとも黙り込んだ。ローズは「ごめんなさい」と言おうとしたが言葉にならなかった。

「奥さんは日本人だったの？」

「いや、僕と同じベルギー人です」

ポールも箸を置き、ビールをひとくち飲んだ。

「お亡くなりになったのはいつ？」

「八年前」

ローズは思った。彼の娘には母親がいないのか。ビールを口にしながら沈黙が続き、どこか、天界のような場所、目には見えない、広く落ち着いた場所で、何かが動いたような気がした。雨が降り始め、風が吹き、むさぼるように水を吸う乾いた土の匂い、草の匂いが立ち上る。また別の変化が訪れる。下草と苔の匂いがする。きらめく真珠のように嗚咽が込み上げてきて、ローズは急に泣き出してしまった。涙が雫になり、流れ、光にあふれる世界へと飛び散っていくのが自分でもわかった。恥ずかしい。ローズはうつむき、しゃくりあげるように泣き続けた。鼻水まで出てくる。ポールがハンカチを差し出す。ローズはそれを受け取り、さらに激しくしゃくりあげた。ポールは何も言わず平然とビールを飲み干している。そんなポールの態度がローズにはありがたかった。やがて涙の流れは尽き、ローズはようやく落ち着きを取り戻した。

「もう一軒、飲みに行きましょう」とポールが立ち上がった。

車内の薄暗さがローズには心地よかった。涙と酔いのせいで街がゆがんで見える。古い水銀鏡に映る光景を見ているみたいだ。

「何がいちばんつらかったですか」

ポールは答えない。ローズは自分がぶしつけすぎたせいだと思った。

「ごめんなさい。ぶしつけすぎましたね」

ポールはそんなことはないという代わりに首を振った。

「言葉を探していたんです」

とても遠いところから聞こえてくるかのように、ポールの声は聞き取りにくかった。

「最初は彼女がいないことがつらかった。しばらくするとクララがいないのに幸せにならなくてはいけないということが義務のようであり、重荷にもなった」

「義務？」ローズは言葉を繰り返した。

「娘さんのために？」

「いや、自分自身のために」

当惑し、ローズは黙り込んだ。

「愛する人といると世間と同じ言葉で話しているような気がしないものです。ふたりのあいだには自分たちだけの言語があり、それが愛の言葉なんですね」

「愛の言葉なんて一度も話したことないわ」

「どうしてそう思うんですか」

「与えられたこともないのに、与えることはできないと思う。与えることが生きることだなんて、あなたたちの言い草も信じない。もう死んでいるのに、何をもらっても役に立たない」

「ふむ。ハルが遺そうとしたものの意味がわかってきたみたいですね」

「あんな馬鹿げた話、意味ないわ」とローズはきっぱりと言った。

車は市街の路地に停まった。外階段を使って、悲しげなコンクリートのビルの最上階にたどり着く。そこにはガラス張りの大きな部屋があり、東山の稜線が見えた。壁に沿って長いカウンターがある。砂壁と明るいオーク材の内装は、山々の眺めにすっかり食われてしまい、ミステリアスな夜景と山の頂の暗い詩情に向かって開け放たれている。そこには誰もいなかった。ふたりが席に着くと、右側の隠し扉から日本人女性が現れる。

「日本酒にしますか」ポールがローズに聞く。

ローズはうなずいた。

「飲みたい気分です」

「つきあいますよ」

ローズはポールの思いがけない返事に感謝し、くつろいだ気分になった。黙って一杯飲んだ後、ポールはもう一杯頼んだ。ローズは話したかった。

「娘さんは今どこにいるの？」

「日本海、佐渡島の仲の良い友人の家にいます。友達とふたりで一日じゅうほっつき歩いていますよ。今日は自転車の前かごに弁当を置きっぱなしにしていて、カラスにつつかれたそうです。でも、娘はどうして誰もカラスのために弁当をつくってあげないのかと怒っていたんだとか」

やさしい声、目に浮かぶ光景、カラスの話、どれもローズにとってはつらいものだった。

「日本語を学ぶきっかけは何だったのですか」

「クララが日本語を学んでいたから」

ローズは一気に酔いがさめた。心地よい酔いを取り戻そうと口を開きかけたとき、扉が開いて誰かが大声で話しながら入ってきた。ポールが振り向き、微笑む。入ってきた男は亀のように皺くちゃの顔をした年配の男性で、すっかり酔っぱらっていた。ツイード生地の、てっぺんをへこませたボルサリーノ風の帽子をかぶっている。シャツの端がズボンからはみ出ており、麻のジャケットも皺だらけ。ふたりを見るなり、男は嬉しそうに腕を天に振り上げ、床に寝転がった。ポールがやさしく男を助け起こしたが、その間も男は陽気な声で喋り続け、やっとのことでカウンターに近づいてきた。

ポールがローズに男を紹介する。

「シバタ・ケイスケ。画家で詩人で書家で陶芸家でもある」

酔っぱらいでもある、とローズは心のなかでつけ加えた。シバタ・ケイスケは身をかがめ、しげしげとローズを見る。酒臭い息がローズの顔にかかる。ポールがそっと男を引き離し、椅子にかけさせる。

「彼は日本語しか話さないんだ」とポールが言う。

「ありがたいことだわ」とローズは応じた。

ケイスケはやたらとげっぷをしている。

「通訳していただかなくてもよさそうね」

「ああ、彼は懲りない酔っぱらいなんです」

確かに、ケイスケはポールに話しかけたかと思うと、今度は部屋のどこかにいるらしき見えない相手に声をかけ、ガチョウのように騒ぎ続けていた。ローズは杯を重ねた。その間も男は酒を飲みながら喋り、ポールは短く言葉を返し、ときに声を出して笑った。やがて、会話のテンポが徐々に遅くなったかと思うと、酔っぱらいは両腕をカウンターに預けてゆっくりと静かに寝息を立て始めた。

「しらふのときもあるのかしら」

「たまにはね」

「どんなひとなの？」

「一九四五年に広島で生まれた。家族は原子爆弾の犠牲になった。一九七五年には妻と娘を地震で亡くした。一九八五年には長男がダイビング中の事故で死んだ。二〇一一年三月十一日、彼のもう一人の息子は生物学者で、宮城県に出張中だった。仙台から二十キロの沿岸にいた。高台に避難する時間さえなかったと」

ローズはカウンターについた見えない染みを爪でひっかいた。何か、どこかに脅威を感じていた。酒をひとくち飲む。

「ノブの葬儀のとき、雨が降っていてね。ケイスケは墓の前で泥のなかに泣き崩れた。ハルは彼を抱き起こし、葬儀が終わるまでずっと抱きしめていた。誰かが傘をさしかけようとしたけれど、ハルは拒絶した。ふたりは微動だにせず一緒に雨に濡れていた。やがて、ひとりふたりと参列者も傘を畳んだ。のしかかってくるような激しい雨の感触を覚えているし、忘れてもいる。僕らはすでに亡き人たちの世界に生きている。肉体なんてないのと同じだ」

ポールは話すのをやめた。ローズは足元が急に冷たくなった。黒い空、包容力のある山並みにしがみつきたくなる。だが、脅威はすぐそこをうろついている。影が、雨が、地に漂う泡が垣間見える。やめて、とローズは全身で思った。だが、雨は降り始め、ローズは膝をつく。もう山も人も見えない。肉体を失った無の世界、閉じた傘の深淵のなかで、ローズは泥のなかに沈んでいく。次々と墓地が現れ、ローズはあちらの墓地、こちらの墓地とさまようばかりなのだが、自分がいつか堕ちていくこと、泥水と洪水に呑まれてしまうことはわかっている。

「ハルとケイスケを見ながら、自分もやがてこの墓地に戻ってくる運命なのだと悟りました。誰もが地獄の炎のなかに囚われているのだと僕はそのとき思い知ったんです」

ポールの横でケイスケがげっぷをする。

ローズが言う。

「祖母の埋葬のときも雨が降っていた。泥を見た覚えはないけれど、雨だったのは覚えている。皆、私が馬鹿なことを言うと笑うけれど、黒い雨だった」

ローズは喋るのをやめ、考えをまとめようとするが、うまくいかず、つじつまがあわないままにまかせる。

「あとになって、広島と長崎に爆弾が落ちた後、黒い雨が降ったという話を読んだわ」

そして、消えてなくなりそうな糸をなんとかつなごうと続ける。

「祖母はアイリスが好きだった。雨の庭が好きだった」

話しながらローズは思った。私、完全に酔っぱらっている。

とつぜん、祖母の笑顔が見えたような気がした。声まで聞こえる。「アイリスを株分けする時季が来たわね」白い服を着て庭にいる祖母の姿が見える。優美な動きで花をのぞき込む姿は静かで愛に満ちていた。

横でケイスケが何か言った。ポールが通訳する。

「あなたが誰なのかと訊いている」

「私は誰なのかしらね」

日本語で短いやりとりがあり、ケイスケは皮肉めいた笑みを浮かべ、ポールの肩を叩いた。ポールが通訳する。

「あなたのほうが父親よりも死人じみている、と言っています」

「言ってくれるじゃない」ローズはつぶやいた。

「かちかちに冷凍されているみたいだって」とポールがつけ加える。ケイスケは笑い、彼女のほうを見ながら何か喋っている。

「ケイスケが言うには、それはいい兆候だと。ほんとうに生まれ直すには一度死なねばならないのだそうです」

「フォーチュン・クッキーのご箴言《しんげん》にでもそうあったのかしらね」

ローズが問い、ポールが通訳すると、老人は両手を打った。

「あなたはまだ自分が誰だか知らない、と彼は言っている」

ケイスケはカウンターをひとつ大きく叩くと「はっ！」と声をあげた。

「それも当然のことだ、あなたはまだ生まれてさえいないのだから、と言っている」

「じゃあ、私はいつ生まれるのかしら、神様の世界の入り口にいる偉大な酔っぱらいさん」

　ポールが通訳する。

「私は神様仏様じゃない。がんばれよ、だそうです」

　ポールが通訳している間にも、ケイスケは音をたてて放屁したかと思うとカウンターに倒れ込み、腕に顔をうずめていびきをかき始めた。

　ローズは振り向き、窓ガラス越しの光景に目をやった。星空を背に墨染の帷子《かたびら》を着て眠る巨人のような東山が見え、なつかしい言葉が聞こえたような気がした。ローズのなか、心のどこかで水が湧いていた。だが、水音が聞こえるのも、その動きを感じるのも酔いのせいだとローズにはわかっていた。俳句も澄んだ水の流れも明日には死んでしまうのだ。

「京都のどんなところがそんなに気に入ったんですか」とローズは尋ねた。

　しばし沈黙してからポールは答えた。

「詩情があり、聡明な酔っぱらいたちがいるからかな」

「それだけで生きてゆけるものなのかしら」

　ポールが答えずに立ち上がったので、ローズはポールがこう言いたかったのではないかと想像した。「人生にはふたつだけ。愛すること、そして、死ぬこと」でも、彼がそれを口にしなかったのは、ローズがすでに死んでいるからだ。その日の夜中、ローズはふと目を覚ました。暑い。窓の外、じっと動かない木立の向こうに大きく金色に輝く月が見え、ローズは夢に見た光景を思い出した。野生のアイリスが咲き誇るなか、狐が一匹座り、こっちをじっと見つめていたっけ。

第五章

武士の時代に日本海、佐渡島に仙人がおり、朝から晩まで水平線を眺めておりました。彼はその人生をひたすら水平線を見ることに捧げ、全身全霊でこれを見つめ、もはや自らも水と空の間の一本の線となって陶然としておりました。しかし、彼は常に一本の松の木の後ろに陣取っていたのです。松の木が彼の視界を遮っているのをいぶかり、誰かが彼になぜそこにいるのかと問いかけました。彼は答えました。「完璧ほど怖いものはないから」と。

松に隠れて

朝、雨が降っていた。透き通るような空には東側の山並みから靄が立ち上り、川の音は雨にかき消されていた。青白い朝、幽霊が行き交うような、底知れぬ灰色の光景のなか、空と水は溶けあい、一緒くたになって消えていく。その空虚さに圧倒されながらも、ローズはそこから離れられずにいた。煉獄の焔《ほむら》を前に、人々は傘を畳む。何も見えない人生のなかで、彼女は空っぽで荒涼とした地を死者のようにさまよっていた。ローズは思う。ここから離れることなんてできない。形なきものに抗《あらが》うことはできない。昨日の撫子のかわりに、あやめが数本、白い貝を思わせる花器に活けられていた。あやめが目に入りようやく雨から離れることができた。シャワーを浴びて、着替え、《紅葉の間》にゆく。一瞬、紅葉の枝が十字架のように見えた。黒い空に彼女が記憶を封印してきた場所と時間が磔《はりつけ》にされている。やがて幻は消え、紅葉の木がきらりと光った。もう十字架は見えない。輝く真珠のような水滴が透明に揺れながら残っているのを見て、せめてこの水滴があの十字架にそっと降り注いでいたらよかったのにと思う。しばらくして、彼女はほかに誰もいないことに驚いた。ふと、墓地にいる父の姿を想像し、外に出てみる。濡れた空気が着物のように肌に張りつき、彼女の身を包んだ。

家に戻ってみると、サヨコがワンピースのうえにレインコートを着て、髪を下ろし、ハンドバッグを手に立っていた。

「Breakfast soon.（すぐに朝食を用意します）」

サヨコが姿を消す。しばらくして、電話が鳴った。やがて、サヨコがいつもの朝食の盆をもって現れる。

「Paul san meet you at temple. Today very busy. When Rose san finish, drive with Kanto san.（ポールさんは寺であなたと落ち合うそうです。今日は忙しいと。朝食が終わったら、カントさんが送ります）」

軍隊じゃあるまいしとローズは苦笑した。その日の魚は食べるのが難しかった。お茶にもうんざりだった。ローズは立ち上がると、サヨコが去っていった引き戸を開け、声をかけた。

「Could I get some coffee ?（コーヒーをいただけますか）」

砂壁に囲まれた広い台所には畳を四角く抜いただけの簡素な囲炉裏があり、竹筒の自在鉤《かぎ》で鋳物の鉄瓶が天井からぶらさげられている。囲炉裏の灰のうえでは炭が熱を放っていた。炉の中央には三脚の五徳が置かれている。畳のなかにすっぽり暖炉が収まっているようなものだ。壁際には食器を収めた棚が並んでいた。奥には窓があり、その前を流し、ガス台、すべすべした石造りの調理台、明るい木目の棚が占めている。壁に飾られた大きな書は、彗星の尾を思わせる墨のほとばしりが紙いっぱいに広がっていた。鉄瓶がちんちんと鳴っている。その部屋は、過ぎ去った感覚を思い出させ、どこか別のなつかしい場所を想像させ、ローズはとまどった。ベージュ色の木綿のワンピースを着て、ヘアバンドで髪をまとめたサヨコはいつもよりも若く、ややもすると傷つけてしまいそうな存在に見えた。ローズは、サヨコのこれまでを思った。彼女は結婚しているのだろうか。いつから父のもとで働いてきたのだろうか。

「I prepare coffee.（今、コーヒーを）」とサヨコが言った。

ローズは身振りで感謝を示し、戸を閉めようとした。

「Monsoon is here. I give you an umbrella later.（梅雨ですからね。あとで傘をお貸ししますね）」

ちょうど雨季まで重なるとは、とローズは思う。ふと思いついて、サヨコに声をかける。

「You take care of people.（サヨコさんは気配りのひとですね）」
サヨコが微笑んだ。白くつややかな顔に花が開いた。ローズはどぎまぎしながら《紅葉の間》に引き返した。口が滑った。だが、花が開くのを見てしまった。ローズは冷たいガラスに額を押しつけた。雨が降っている。紅葉から苔に水滴が落ちている。サヨコの笑みを見た途端、ローズはどこか別のところに連れていかれてしまった。だが、その別世界こそがほんとうの居場所なのだと言われている気がする。

座卓に戻り、食事を終えようとしたが、ローズの気持ちは落ち着かなかった。サヨコとは目をあわせないまま、コーヒーを飲む。門のところで、サヨコから透明な傘を渡された。ローズは傘を開き、雨粒越しに眺める世界を楽しんだ。車での移動時間はこれまでよりも長く感じられた。まず西に向かい、その後、北に折れる。やがて、広い駐車場と、それを囲う長い塀が途切れた場所に大きな木造の門が見えてくる。「Paul san coming soon. Rose san waiting inside or outside ?（ポールさんはもうすぐ来ます。車のなかで待ちますか、外で待ちますか）」と運転手のカントに問われ、「Outside.（外で）」とローズは答えた。傘に落ちる雨の音が心地よい。一瞬、張り詰めた雫のなかに閉じ込められ、ここだけに生き、過去もなく、先のことも考えず、何も求めずにいられたらどんなにいいだろうと夢想する。門まで行ってみる。門の向こうには、寺を囲む壁の間を縫うように石畳の道が続いていた。ローズは途中まで行って、引き返してきた。数分後、すぐ横にタクシーが停まり、ポールが透明な傘を手に降りてきた。

「すみません。今朝は大事な取引があったもので」

ポールが傘を開くと、どこかから飛んできたのか、木の葉が傘に落ちてきた。

「もう、ひとりでなかを歩いてきたのですか」

「いいえ、ここはどこなんでしょう」

「大徳寺といいます。敷地内には、複数の禅寺があります」

さきほど引き返してきたあたりまで小道を進んだところで、ローズが尋ねた。

「大事な取引って何ですか。高額の商品が売れたのかしら」

「長いおつきあいのお客さんだったんです」

「何を売ったの?」

「屏風《びょうぶ》です。存命のアーティストのなかでは日本で一、二を争う画家の描いた大きな屏風です」

「お値段は?」

「二千万円」

「資金繰りにあくせくする必要はなさそうね」

「それはあなたのほうでしょう」

ローズは通路の真ん中で足を止めた。

「お金なんてほしくない」

ポールも立ち止まる。

「あなたは自分が何を求めているのかすらわかっていないんですよ」

その声には決めつけるような強引さも責めているような冷たさもなかった。ローズは何か言い返そうとし、結局、「やめましょう」というしぐさをした。ふたりは再び歩き出す。

「その足はどうかされたんですか」

「山の事故で傷めました」

雨はやんでいた。ローズは静寂を意識した。理解できない無垢で水平な静寂だ。そんなものに意味はない、と彼女は思う。だが、その小道には、そんな静寂が漂っており、ローズは、石と空気の間に広がる、目に見えない波状のひろがりを腰のあたりでかき分けながら進んでいるような心地がした。道のあちらこちらに壁や灰色の屋根が見え、木造の門の奥には庭も見える。これまで自分は死者の命令で歩かされている操り人形のようだと思ってきた。そう思い続けようとしていた。でも、この場所の静けさが彼女に降りかかり、これまでにない感情へと向かわせる。ふたりはある寺院の前で足を止めた。門の右、木でできた表示板に「高桐院《こうとういん》」とある。正面には石畳の短い通路に沿って竹の柵と松の木があり、その先に黄土色の壁が見える。奥に進むと左側に灰色の瓦を葺いた大きな門があった。どう見ても控えの間としか思えないこの場所が、境界という意識を生み、ここから先は別世界だと仄《ほの》めかしている。

ローズは順路を進んだ。

松の木の奏でる音楽が、礼拝《ミサ》の時のように彼女を包み込み、ごつごつした枝や、やわらかな針を広げ、くねくねと曲がる枝のなかに溺れてしまいそうな気がした。賛美歌を思わせる清廉な空気が漂い、研ぎ澄まされた世界が広がるなかで、時間を忘れる。雨がまた降り出した。淡々と降る細やかな雨を受け、ローズは再び透明な傘を開いた。視界の隅に何か動きを感じる。ふたりは門をくぐった。角を右に折れると、参道に出た。椿と竹柵の間に狭い小道が長々と延びている。足元は光る苔に囲まれていた。小道の奥には紅葉がアーチをつくり、その後ろには灰色の竹がそびえたっていた。道を進むと苔むした柿葺屋根《こけらぶき》の山門にたどり着く。そこにはあやめが植えられ、レースのような葉をつけた枝がしなだれかかっていた。ここはただの通路ではない。ここを通ることは旅なのだとローズは思った。終焉へと続く道、いや誕生に続く道かもしれない。ふたりは小道をたどる。最初の日と同様、過去の苦しみが心を過った。虚無から奪い取った喜びの光がようやくその苦しみを洗い流してくれる。さらに二回ほど道を折れると寺の入り口に着いた。狭い廊下をいくつか抜け、苔むした庭を見渡す広い縁側のようなところに出ると、ローズはあの家と同じ感覚を抱いた。ここにあるのは別の竹、別の紅葉、石燈籠だ。それでも、どことなく自由な佇まい、藁葺屋根や木々が風を受けて遊んでいるような雰囲気が似ている。変化することを厭わず、奥行きを感じさせる美しい消失線、自由で不完全で血の通った消失線に惹きつけられ、ローズは軽やかな気持ちで息を吸い込んだ。そこへ、緑色の泡立った茶が運ばれてきた。ローズはすぐには受け入れられず、じっと眺める。

その様子を見ていたポールが言う。

「抹茶です」

そして、彼女が躊躇しているのを見て、声をかける。

「さあ、ものは試しというやつです」

ローズは渋々ながら器に口をつけた。緑の味、草や葉っぱ、アオウキクサや芹を思わせる苦味。彼女はその香りに田んぼや先日見た山々の姿、この土地を読み取った。この地で口にするものはどれもこれも、砂糖の甘味や塩分だけでは言い表せない、特徴のない、名づけられぬものばかりが残ったような味、いわば無の味がする。お茶は、人が足を踏み入れぬ森、そんな森をなめらかにつややかに凝縮したような味がした。無味のようでもあるし、あらゆる味が混ざっているような気もする。日本って、とんでもないところだわ。

「日本って、とんでもないところね」

ポールは笑った。それが同意の意味なのか、嘲弄なのか、ローズにはわからなかった。

ローズはたった今、感じたことを言葉にしようとした。

「どこか子ども時代を思わせるものがあるわね」

「まずかったですか？」

「子ども時代にいい思い出なんてないもの」

「だからといって、過去は消せない」

「あなたはその話ばかりね。過去と一緒に生きていくしかないと言いたいの？」

「諦めろというわけじゃない。負けるとはどういうことか、どうしたら負けずにすむのかを知りたいと思っているだけです」

「負け？　じゃあ、勝ちはどこにあるというの？」

ポールはあたりを見回した。

「人生は移り変わります。禅寺の庭は歓びをメランコリーに変え、苦しみを楽しみに変える。今ここであなたが見ているのは、美に進化した地獄なんです」

「禅の庭では何もかも死んでいるのね」とローズは言い返した。

寺を出たふたりは、再びあの見事な参道を抜け、松のある控えの空間に戻った。ローズは銀閣寺の庭を思い出した。銀閣寺の松は刀で斬ったかのように精密に切りそろえられていた。だが、さっき見たばかりの高桐院の松はしなやかでのびのびとしていた。そして、銀閣寺でも、子ども時代のことを考えながら庭を歩いたことを思い出し、誰もがみな、無垢な部分と刃物のような部分をもちあわせ、木々を眺めながら地獄のうえを歩いているのだと思った。無邪気な幸せと欲望の残酷さの間で揺れることこそが人生なのだ。ローズはしばらくのあいだ松を眺めていた。雨が強く降り出した。ふたりはそれぞれの傘を開いた。

その後、ふたりは車に戻り、ローズが昨日歩いた橋のあたりで車を降りた。雨はやんでいた。ポールは欄干に肱をつき、しばらくの間、北の山を眺めていた。海を思わせる青い山々は深い灰色の空を背景に、目に見えぬ高みに向かって蒸気の大きな祝砲を放っているようにも見える。ふたりの後ろを人混みが流れていく。外出を楽しむ若者、観光客、男性も女性もごくふつうの人たち。誰もが、生きることで頭がいっぱいのように見え、ローズには手の届かないもの、残酷なものに思えた。にこりともせず、厳《おごそ》かな顔で舞妓がふたりを追い抜いていく。
舞妓を目で追いながらポールが言う。
「いつの日も三条橋を渡るとき」
ローズは前を行く舞妓の白いうなじを眺め、夜の仕事につきものの秘密や涙に思いを馳せた。
「ああ、今のは僕の言葉じゃなくて、ケイスケの詩なんです。
『いつの日も三条橋を渡るとき
粉と砕けるわが心
舞妓のうなじの白き粉』
ってね」

前日のアーケードのところまで来たが、今日は左に折れ、レストランに入った。飴色に輝く長い木製カウンターが目に入る。ポールは店の女性に声をかけ、奥の部屋にひとつだけ置かれた大きなテーブルに腰を下ろした。光がふたりをやわらかな息吹《いぶき》で包み込む。ローズは光を眺め、まなざしや肌にかすかに触れる息吹を感じた。高級食材や珍味の小皿が次々と出てきてはテーブルをにぎやかしていたが、ふたりともほとんど無言のままだった。

最後にポールがコーヒーを頼み、ローズは何か話したくなり、口を開いた。

「今朝のお茶ははっきりとした味がないのに、不思議とあらゆる味があるような気がしました」

「ああ、日本の特徴をよくとらえていますね」

ローズはさらに続けた。

「祖母の話だと、私の母にとってはすべてが重荷だったようです。母は人生をひとつの石、大きな苦痛の塊としか思っていなかったみたい」

「京都の西に、桂離宮という宮家の所有する御殿があります」

ポールの言葉が途切れた。

「それで?」

ポールは答えない。まだ何か考え込んでいる。

「入り口から少し歩いたところに、視界を遮る位置に松があって、庭や池を一望でとらえられないようになっているんです。人生は、もしかすると木の幹越しに眺める光景のようなものなのかもしれません。世界はその全貌をさらしているのに、人間の側からは、いつもその一部分しか見ることができない。絶望しているとき、人には何も見えなくなる。生きることのすべてがつらくなってしまうんです」

ローズはそっと忍び込んできた追憶を振り払い、高桐院で見た木々の姿、石燈籠が鎮座する、苔と葉叢が織りなす美しい庭を思い浮かべ、心を集中させようとした。やがて、枝ぶりのなかに書や無音のテキストを見出し、読み解こうとして考え込む。木々は地面から離れられない囚人のようだとローズは思う。だが、木々こそが生命のもつ可能性を示しているのだ。剪定された木々はむしろ、根ざすことと飛翔すること、重さと軽さを兼ね備え、囚われた状態でありながら自由に行動する力を体現している。しばらくすると、ローズはまた不機嫌になる。

「いつだって最後は人生の重みに耐えられなくなる。どうせ囚われの身なのに、じたばたしたところで何になるのかしら」

「恐れることなんて何もない。そもそも、生きているというだけで、すでにリスクを冒しているのですから」

父の家で再びひとりきりになると、ローズは、特に何をするでもなく、寝室と《紅葉の間》を行ったり来たりしていた。廊下にある引き戸が気になってしかたがない。だが、引き戸に手を伸ばしかけたところで、不謹慎な気がして踏みとどまる。舞妓の深刻そうな目つきを思い出すうちに、いつのまにかガラスのなかの紅葉の前に腰を下ろしていた。ひんやりとした不動の静寂のなかで物思いに沈み、時間だけが過ぎる。怖い。ローズはとつぜんつぶやいた。闇から湧きあがってくるものを感じたのだ。いつのことだろう。輪郭のぼんやりとした植物画の横に、瑞々しい花がある。花を眺めながら自問する。サンザシの花弁がやわらかく揺れていた。何かを書いている自分の姿が見える。背景が遠ざかる。自分のどこかで花が震えている。学んでいた。仕事を覚えようとしていた。この瞬間を覚えておこうとした。次の瞬間、無駄な努力だと悟り、呆然とする。そうだ。何をしようとしても無駄なのだ。すると、また別の光景が浮かび上がる。引き裂かれた記憶のスクリーンの裏側に、母の笑顔が見える。記憶のうねりのなかで、母の顔はかつてよりもはっきりと真実味を帯びていた。死んでからのほうが鮮やかなんて皮肉だと、乾いた笑いが込み上げてくる。母と暮らした三十五年間、笑顔なんて数えられるほどしか見なかったのに、という苦い思いもあった。すべてが急激によみがえる。祖母の料理、テーブルのうえの花とその花を描いた絵、ローズの前に母、モードが立っていた。翳りを捨て、光輝く母がローズに微笑み、話しかけてくる。「これが、サンザシなのね」何歳《いくつ》の頃だろう。ローズは考える。二十歳ぐらい？　いや、百歳でもおかしくない。それにしても、喪の時間でいちばんつらいのは何だろう？　失ったもの？　手にできなかったもの？　そして、ふと、すべてを見渡すことを許さないという桂離宮の松を思い出す。ローズもまた同じことを思った。失敗は怖くない。完璧なほうが怖い。

第六章

京都にとある有名な寺がありました。都《みやこ》の派手な美しさとは無縁でしたが、その寺にある二千本の梅を人々は愛し、毎年二月の終わりになると花見に集まったものでした。しかし、有名な俳人一茶がこの寺を訪れるのは決まって、黒い幹と裸の枝しかない季節、もうしばらくすれば、あたりに芳しい香りを漂わすはずの花もまだ見えぬ頃でした。最初の花を見つけると彼は梅林から遠ざかり、入れかわりに人々が冬の枝に開く花びらの奇跡を見ようとやってきます。まわりの人は時折、一年でいちばん美しい時季の花を眺めようとしない彼の偏屈ぶりを怪訝に思いました。それでも、彼は笑い、こう言ったのです。「私は花のない季節、ずっと待ち続けました。だからもう梅の花は私のなかに咲いているのです」

梅は私のなかに

ローズの母、モードは鬱に沈んだまま子ども時代を過ごした。大人になってからも、何をするときでも、モードは、見事なまでの執拗さで鬱の世界にとどまった。時が経ち、雨がその人生を洗い、太陽が戻り、月が輝いても、モードは常に闇のなかにいた。狐が巣穴を守るように、モードは心の傷を守り続けた。森に出かけたところで、まったく変わらぬまま巣穴に戻ってくる。モードの母がどんなに手を尽くしても、モードは険しい断崖の淵へと引き寄せられていくのだ。抗うことに疲れ、心も萎え、ついにモードの母親も諦めてしまった。灰色の世界に沈んだままで数年が過ぎ、モードは働き、旅をしては、癒されることなく悲しみの城に戻ってきた。モードが別れた恋人の子どもを宿して京都から帰ってきたとき、モードの母は打ちのめされた。せめて生まれてくる赤ん坊を父親に会わせるようモードを説得しようとしたが、モードはこれまでにない激しさで怒り、同意しようとはしなかった。メランコリーの静かな海に漂っていた娘がただ一度、初めて見せた激しい感情だった。

やがて、赤ん坊が生まれ、花好きの祖母は孫娘が花々と仲良く暮らすことを願い、ローズと名づけた。出産からまもなく、モードは仕事を辞め、自宅のサロンにあるガラス窓の前で日々を過ごすようになった。だが、彼女の目は窓の向こうにあるライラックを見ようとはしない。モードは時折、泣くことがあったが、それとても、他のあらゆるものと同じように、はっきりとした理由があっての涙ではなかった。そんな時、祖母はローズを庭に連れ出した。彼女とて、そんなことで孫娘が守れるとは思っていなかった。それでも十年間、彼女は息を殺し、奇跡の訪れを待った。実際、その頃のローズは可愛らしい子どもだった。読むことを覚え、周囲を探検して回り、一日じゅう笑っている。母の哀しみを理解しないまま十年が過ぎたが、ある晩、モードの涙がついにローズの心を壊してしまった。

祖母は、モード宛ての手紙に書いてあった名前と住所を頼りに、ウエノ・ハルという人物にローズの写真を送った。ローズが悲しみに打ちのめされる前に撮った最後の写真だ。封筒の裏にはモードの名ではなく、祖母自身の名前だけを書いた。手紙がハルに届いたのか、受け取ったハルが果たして禁を破ってでも返事を書こうとしたのか、彼女には知る由《よし》もなかったが、祖母はずっと気にしていたのである。

モードがハルから受け取った手紙には「君の願いどおりにしよう。娘に会おうとはしない。君を傷つけたくない」とだけ書いてあった。ローズが二十歳になった頃、ローズもまたこの手紙をすでに読んでいることを祖母は知った。いつ読んだのだろう。だが、祖母にはわかっていた。十年間もずっと黙っていたのね。ローズはうなずいた。ローズはそれ以上このことに触れようとせず、それから十五年が過ぎた。その年、六月のある夕方、モードはポケットに石を詰めて川に行き、静かな水面に映る木々を眺めた後、厳かな静寂《しじま》のなか入水自殺した。

「結局こうなるのね」ローズは怒りをこめて言った。

「今なら、お父さんに会うこともできるわよ」と祖母は言った。

「その気があるならとっくに行っているわ。あの手紙は私に宛てたものじゃないんだし」

再び静寂が訪れ、ローズも祖母も淡々と暮らし続けた。二年後、今度は祖母がこの世を去った。その晩、ローズは当時つきあっていた相手と寝たのだが、残酷なまでにどうでもいい気分だったので、ことを終えた男が身を離したのにも気づかず、部屋を出ていった音も聞こえず、翌日にはそのシーツに、その身体に、血の気の失せた生活のなかに他人を迎え入れたことさえ、何も覚えていないほどだった。自分が自分でないままに数か月が過ぎた。敗北には敗北の安心感があり、もう幸せになりたいとも思わなくなった。あまりにも長く、そして無理やり欲望を押し殺し続けるうちに、もはや何かを望むことすら面倒になった。ある種の惰眠をむさぼるうちに三年が過ぎた。こうして、彼女は京都へ行くために飛行機に乗ったのだ。

ローズは雨を感じ、幸福とは程遠い気分で目を覚ました。雨の音が世界をとらえどころのない遠いもののように感じさせる。《紅葉の間》に行くと、そこは不思議な明るさに満ちていた。雨が作る鏡のような薄闇から歓びのかけらがあふれ出ていたのだ。

サヨコが台所から出てくる。

「Paul san coming. Rose san want tea ?（ポールさんが来ます。ローズさん、お茶を飲みますか）」

「Coffee, please.（コーヒーをお願いします）」

サヨコを呼び止め、彼女は誰なのか、どうして英語を話すのか、聞いてみようかと思った。サヨコもまたその気配を感じたのか、しばらくそこに残っていたが、ローズが何も言わないので、再び姿を消した。やがてサヨコは、コクリコの花を思わせる繊細でアンバランスな形の赤いカップを運んでくると、コーヒーを飲むローズの様子をじっと見ていた。

「Rose san beautiful.（ローズさん、きれいですね）」

驚いたローズはカップを置いた。日本人は、誰も彼も西欧人を見ればきれいと言うのねとローズは思った。声に出して言ってみる。

「Japanese people always find Western people beautiful.（日本人は西欧人なら誰でもきれいだと言いますね）」

サヨコは笑った。

「Not always. Too fat.（誰でもじゃありません。太りすぎの方もいますし）」

玄関の引き戸が開く音がした。サヨコが言う。

「I remember your mother. Very sad.（あなたのお母さんのこと、覚えています。とても悲しい）」

そして、ポールが部屋に入ってきたところで、サヨコは姿を消した。

「今日はどこに行くのかしら」

「真如堂《しんにょどう》」

「まさか、またお寺じゃないでしょうね」

「お寺ですよ」

車のなかでローズは自分の人生が灰色の道路の消失線と重なっていくような感覚に襲われた。

「しばらくずっと雨なのかしら」

「しばらくはね。でも、夏の暑さが始まると梅雨が恋しくなるものですよ」

「あんまり陽気な気候じゃないわね」

「長くいると慣れます」

「無抵抗に苦しみを受け入れるのがこちらの慣習だとか」

ポールは驚いたようだった。

「ベス・スコットが最初に会った日に言っていたの。お友達なんでしょう」

「ベスは日本に非現実的なものを求めてるんです。彼女のように、禅寺の庭で暮らしているような人たちもいる」

車は石畳のアプローチの前で停まった。赤い門をくぐると、暗い色の木造寺院、本殿へと続く参道が見える。雨はもうやんでいたので、傘はもたずに車を出て、濡れた土と見知らぬ花の香りのなかに降り立つ。ローズは石畳に足を下ろし、ふと誰かを見た気がして振り返る。誰もいない。遠くに見える寺の中庭も無人だ。でも、気配は広がっていく。ここでは誰もひとりにしない。彼女が気づいていようがいまいが関係なく、目に見えない無言の存在は、世界を新たな輝きで包み込んいる。そんな存在を感じることで、ローズは時の厚みのなかを漂っているような気がしていた。周囲を眺め、紅葉や木造の本殿を見る。さみしい丘の上にある暗色の寺院には観光客も参拝客もいない。それなのに、誰かと一緒にいるような、精霊に取り囲まれているような、隠れた秘密の場所に連れていかれそうなこの感覚はどこから来るのだろう。その一方で、何か〝遊び心〟のようなものも感じられる。何ひとつ意味をもたず、それでいて何もかもが意味にあふれている。ここはいったい何なのだ。ローズは不思議に思った。

「ここはいったい何なのですか」声に出して訊いてみる。

「ハルが毎週散歩に来ていた寺です」

「何かがいるような気がします」自分でも思いついたまま適当に話していることはわかっていた。

「精神的な場所ですからね」

ローズは自分でも驚くほど、無性に腹が立ってきた。

「こんなふうに型どおりで、杓子《しゃくし》定規なのには、もう飽き飽きしているんじゃありませんか」

出会ってから初めて、ポールが不機嫌そうな顔を見せた。

「そうやって自分の感情ばかり押しつけてくる」とポールが言い、ローズも反駁する。

「あなたは下男みたいに、死んだ人の言いなりになっているだけ。だから、そんなふうに面白みのない、気づまりな人になっちゃったんでしょう」

「僕は敬愛するひとの遺言執行人になっただけです。彼の頼みで、うんざりするようなお嬢さんを連れて寺から寺へと歩き回っている。そう言わせたいんですか。攻撃的で鬱屈した気分に僕まで引きずり込もうというわけですか」

そう言うと彼は立ち尽くすローズを置き去りにして歩き出し、本堂を右にまわり込んで、ローズの視界から姿を消した。愚かなふるまいをし、彼を傷つけてしまった自分に怒りが込み上げ、ローズはしばらくその場にとどまった。その一方、彼もまたふつうの人間であることがわかり、安堵した面もある。「賢人ぶっちゃって」とローズは声に出して言い、笑った。謝ればいいとわかっているから気分は軽かった。ローズはこの場がもつ、いたずら心を秘めた空気に魅了されていた。「あなたたちは何者?」思わず声に出してつぶやく。

「神様かしら幽霊かしら」ポールが去った方向に歩いていくと寺の裏側、えも言われぬ優美な曲線に枝を伸ばした紅葉の下に出た。右に折れ、壁に沿って進む。目線の先、遠くに墓石が見えてきた。墓地だ。ついに来た。ローズは息を殺し、墓石や石燈籠、ナンテンのなかを進む。顔のない彫像のような墓標が並び、卒塔婆が風に音をたてる。シンプルな石の台座に一回り細身の墓石が重ねられ、びっしりと文字の書かれた細長い板が何本も重なりあうようにそれを囲んでいる。墓石のなかには時を経て一部が欠けたり、苔むしたりしたものもある。墓石と同じ石材で出来た細長い花入れが左右にあり、季節の花が供えられている。あちらこちらでやわらかな苔が緑色に輝き、石燈籠の反り返った笠がこの眺めに皮肉めいた調子を添えている。死者の沈黙を前に、命はのびのびと広がり、すべてがきらきらと輝いていた。頑固な巨木が風に枝葉を揺らす音。見知らぬ不思議な輝き、墓と寺と、からからと鳴る卒塔婆、カラスの声が混ざりあうなかで、何か別の音も聞こえてくる。カラスは屋根の上をゆっくりと飛んでいる。ローズはカラスのしゃがれた鳴き声が好きだ。今にも壊れてしまいそうな儚い静寂だけれど、なんて静かなのだろう、とローズは思った。何とも言えない場所だ。ローズはそのまま歩き続け、ついに丘のてっぺんに出た。右側を見下ろすと、窪地に街が広がっている。通路の先には別の墓地、別の寺へと降りていく長い階段があり、ポールがその一番上の段に腰を下ろし、京都の街を眺めながら、彼女を待っていた。ローズはその隣に座った。

「ごめんなさい」

「謝る必要はないですよ。あなたはひとをうんざりさせる名人ですから」と言って、ポールは笑った。そしてつけ加えた。

「ちょうどよかった。善人ぶるのに疲れてきたところでした」

街の反対側に目をやると、始まったばかりの夕暮れに、少し暗くなった東の山がわずかに光って見えた。雲の隙間から暗い電灯のような光が降っている。雨に濡れ、艶を増した寺の瓦屋根が、波打つようにきらきらと反射していた。一日の終わり、近代的な都市の醜さがローズをがっかりさせることはなかった。高層ビルは見えなくなり、コンクリートのビルがつくるでこぼことしたシルエットも、少し悲しげな眺めのなかに消えてしまう。ポールは立ち上がり、ローズも彼のあとについて階段を下る。風は静まり、空気はやわらかくしっとりしていた。ローズは心の奥へと階段をたどり、忘れてしまっていた日々のなかに降りていくような心地がした。下り終える寸前に左へ折れ、短い通路を過ぎると寺の裏側に着いた。ポールはとある墓石の前で足を止める。

「ここは、〝くろ谷〟と呼ばれる寺です（金戒光明寺のこと）。ここにクララと、ケイスケの息子のノブ、そしてハルが眠っています」

ローズは父の墓にじっと見入った。

「何を思えばいいのかしら」

「さあ」

ローズは階段の上を仰いだ。

「ここはすごい場所ね。なぜそう感じるのかはわからないけど」

彼女のなかで何かがトンボのように揺れていた。言葉にならぬ存在、ナンテン、石たちのざわめきが特別な空間を生み出し、ローズは一瞬めまいを感じた。夕暮れの静寂を破る突風に不意を突かれ、ローズは震え上がった。墓は何も言わない。だが、見えない釣り鉤を彼女に投げかけてきた。きらりと鉤が光ったわけではない。でも、彼女は平凡な一瞬のうちに変化を感じ取った。水中でえら呼吸ができるようになるわけでもなし、目に見える変化があるわけではないけど、と彼女は思った。ローズは唐突にしゃがみ込み、掌で墓前の土に触れてみた。土という素材《マチエール》。ここに父がいる。ローズは立ち上がった。何も変わらない。すべてが変わった。ローズは自分が疲れ果て、空っぽになったような気がしていた。ポールを見る。彼は泣いていた。

ふたりは通り雨のなかを歩き出し、静かな道を下った。その先にカントが薄闇のなか、車の前に立って待っていた。ローズは土の感触に浸っていた。空間の広がりを感じ、空気にはすみれの匂いがした。ポールは黙っていた。だが、ふたりの間にはこれまでにない親密さがあった。セックスよりもずっといい、とローズは思った。車のなかでローズはほんの一瞬、ポールの手をとった。ポールは前を向いたまま、その手を握り返してきた。

串焼きと酒を出すバーのような店に入ったが、そこでもふたりはしばらく無言のまま座っていた。暗めの照明がわずかに揺れながら、周囲の物やふたりの顔に、あたたかな色合いを与えている。明るく照らされた床の間には花も葉もない枝が飾られ、そのうえにも光の粒が躍っていた。酒が親密さをさらに深め、ローズはふんわりとほろ酔い気分になっていた。

ローズは枯れ枝を活けた花瓶を指し、言った。

「花はないのね」

「梅の枝です。日本人は桜よりも梅が好きなんですよ」

「でも、今は花の時季じゃないわね」

「一茶へのオマージュかもしれません。彼は花が咲く前の時季にしか梅林に行かなかったそうだ。ひとにその理由を問われ、彼はこう答えた。『花は私のなかに咲いているのです』」

ローズはほとんど乳白色に見える冷酒をひとくち飲んだ。

「今日、墓地に行くとは言ってなかったじゃない」

ポールは盃を置き、ローズをじっと見つめた。

「あれはハルに頼まれたわけじゃないんでしょう」と重ねて尋ねる。

しばらくしてようやくポールが答えた。

「くろ谷にはあまり行かないんです、僕は。くろ谷に行くと葬儀のときのことを思い出してしまって、もういない大切なひとに会いに行くという感覚ではなくなってしまう」

〝もういない大切なひと〟私にはそんなふうに呼べるひとがいるだろうかとローズは思う。

「実際のところ、いちばんつらいのは、そのひとがいなくても幸せになれることじゃない。変わること。そのひとと一緒にいたときの自分ではなくなるということなんです」

「奥さまを裏切るような気がするというの？」

「自分を裏切っているような気がするんです」

店を出ると、短い晴れ間が訪れていた。雲の切れ間から、わずかに赤みのかかった大きな月が照っている。

「ここから家までは近い。歩きますか？」

カントを帰し、ふたりは月明かりのもと、バレリーナのように身を反らして揺れる草をかすめながら、川べりの道を歩き始めた。月明かりに照らされ、すれちがう散策者の顔がほの白く見える。少し冷えてきたので、ポールが上着を貸してくれた。ポールは黙って物思いにふけり、ローズは気持ちを昂ぶらせながら歩いていた。墓地が彼女に語りかけ、父の墓が彼女に呼びかけていた。ローズは自分のなかに喪の作業ともいうべき、弔《とむら》いの意識が生まれつつあるのを感じていたが、不思議と重荷ではなかった。この日感じた死は、軽やかな精霊と親しみのあるおぼろげなシルエットが次々浮かんでは消えていく輪舞《ロンド》のようだったからだ。誰もいない寺の光景は銀塩写真を現像する時のように最初はぼんやりとしており、時間が経つと見えなかったものがようやく浮かび上がってくる。鬼さん、愉快な鬼さん、昔のように出ておいで。ローズは口ずさんでいた。思いがけず昔話の記憶がよみがえり、ローズは微笑んだ。家に着き、ポールは玄関の引き戸の前で、お休みの挨拶をした。ローズは引きとめたいという思いに駆られた。ポールは一歩だけ後ろに下がり、彼女に微笑んだ。月が雲の陰に消えた。もうポールの姿は見えない。庭木戸を閉める音がし、彼の静かな破調の足音が聞こえてきた。

夜、ローズは夢を見た。暗い色の寺が建っており、その横の梅林を父と散歩している。ふたりの後ろには、昔話の鬼が歩いている。見事な花が咲いている。花びらはダイヤモンドのように輝き、雄蕊はペンで書き入れたかのようにくっきりと際立っている。その美しい花を前に、父はローズに手を差し伸べ、こう言った。「どんなに怖くても、すべて受け入れなさい。苦しみも贈り物も、未知なるものも、愛も、失敗も変化もまるごとすべて。

そうすれば、私のなかで梅の花が咲くように、私の人生のすべては君のなかに咲くだろう」

花見かな

第七章

中世の終わり、戦国時代のことでございます。とりわけ寒さの厳しい冬がありました。ある国じゅうの川が凍りつき、動物たちは水を飲むことができなくなってしまいました。ある二月の朝、外に出た少年はイタチに出会いました。ひとりと一匹はしばらくのあいだ、やさしく見つめあっていました。それから、少年はイタチに「のどがかわいたの？」と尋ねました。イタチがうなずくと、少年はイタチを、夜のうちに氷から顔を出し、花を咲かせたすみれのところへ連れていきました。「ほら」少年は言いました。「花からお飲みよ」イタチは小さな薄紫の花を一生懸命舐めて、渇きを癒しました。少年はその後どうなったのでしょう。詳しいことは不明のままです。それでも、この子はその後、茶道のとある流派の開祖となり、氷のなかに咲くすみれのことを和歌に残したとのことでございます。

氷のなかに咲くすみれ

　ローズは目が覚めると、まず窓越しに外を見た。濃霧が斜面を満たし、呼吸しているかのように少しずつ透明な空に消えていく。雨はやんでいた。重たい土の匂いが川から立ち上ってくる。ポール、と思う。次の瞬間、自分の願いどおりになるものではないと思い直す。

《紅葉の間》に行くと、黒地に藤の花の着物を着たサヨコが朝食を出してくれた。

「Paul san in Tōkyō today. Rose san go to temple with Kanto san.（今日はポールさんが東京に行っているので、カントさんとお寺に行ってください）」

「In Tōkyō ? It was planned ?（東京？　急に決まったのですか）」

「Very important client.（とても大事なお客さまのことで）」

「When is he back ?（いつ戻るの？）」

「Day after tomorrow.（明後日）」

道端に置いてきぼりにされた気分だわ、とローズは思った。外から聞こえるカラスの声さえ癪《しゃく》にさわる。ローズはそそくさと立ち上がり、部屋でベス・スコットの名刺を探すと、《紅葉の間》に戻ってきた。

「Can you call her?（彼女に電話してください）」とサヨコに頼む。

サヨコがクリスタルのように硬い語尾で応じたのでローズはさらに苛立ち、奪い取るように受話器を手にした。

「今日、お時間ありますか」ローズはベスに尋ねた。

「午後ならば」とベスは応じた。「待ち合わせ場所はサヨコに伝えておくわ」

電話を代わったサヨコは、ベスの指示を聞き、受話器を置いた。よく見なければ気がつかないほどではあるが、サヨコはむっとした顔を見せ、不満げだった。サヨコはベスが嫌いなのだ。ローズは少しばかり意固地になっていた。

「I won't go to the temple.（今日はお寺には行きません）」

「Yes, you go.（いいえ、行ってください）」サヨコは平然と答える。

ローズは「地獄に行けというわけね」と言いたくなったが、口には出さず、外に出た。雨でかたちの崩れたツツジを哀れに思いながら庭を横切り、車に乗り込んで乱暴にドアを閉める。東山方面に向かう車のなか、ローズは自分の手ばかり見ていた。カントが車を停め、声をかけてくる。

「This is Nanzen-ji.（ここが南禅寺です）」

ローズは車から出ると再び音をたててドアを閉めた。怒ったまま歩き出し、ほんの数歩しか進まぬうちに転びそうになる。カントが後ろから声をかけてきた。

「Temple there.（お寺はあっちです）」ローズが振り返ると、カントは木の茂った歩道の端を指していた。

途方もない場所だった。そこらじゅうに寺があり、木々や苔、翼を思わせる反り返った屋根の大きな門がいくつもある。歩くうちに三門まで来た。灰色の瓦屋根が二段になっており、窓のついた二階部分もある大きな門だ。門の向こうには紅葉の枝が見え、さらに奥、法堂の前には大きな香炉があり、白い煙が渦を巻いているのが見える。風が吹いていた。見えない竹が鳴り、雨の匂いが漂う。階段を上ると、巨大な柱に支えられ、長方形の入り口が三か所開いている。門をくぐり、向こう側に出ると見えない幕を通り抜けたかのような感覚があった。参道を進みブロンズの香炉のところまで来た。線香の煙が厚みを感じさせる。煙幕を通り抜けるだけで、自分のどこかに刻印が押されたような気がする。法堂の前を右に折れると、さらに参道が続いていた。その先に南禅寺の入り口がある。ローズの後ろにカントが姿を現し、拝観料を払うと、ローズに紙片を渡して姿を消した。壁の白さに驚き、木造の回廊の薄暗さにも不意を突かれる。この暗い導入部を抜け、再び光のなかに出ると思わず息をのんだ。初めてほんとうに見ることができたとさえ思う。床に腰を下ろし、砂と緑で構成された長方形の庭を見る。内廊と灰色の瓦がついた壁が庭を四角く囲っていた。目の前の細長い灰色の砂庭には平行線が引かれており、直線もあれば、曲線もある。その後ろ、塀の前の一画には、苔の沼に沈むように、四本ほどの樹木や、古びた石、ツツジの茂みが見える。今まで見たことのない、最も簡素な、最も不思議な進化を遂げた庭だった。いくつもの地層と時代を横切ってきたような庭だ。それなのに、すべてが命に満ちあふれていた。ローズは思う。動きのない動き、透明で、震えるような動き。究極の存在。世界が最後の最後に行き着いた知恵。今ここにたどり着くまでにどれだけの長い時間が流れたのだろう。ローズは顔を上げ、砂と苔と木々と壁と瓦の配置を眺めた。その向こうには山の斜面の木々、彫刻のように並べられ、天空の青いインクに浸されているように木々があった。寺院に生きている精神、変わりながら完璧であり続ける自然が見える。

「完璧ね」ローズは声に出してつぶやく。ポールを思い、胸が苦しくなる。しばらく眺めた後、廊下をたどり、別の庭もいくつか眺め、最初の場所に戻ると、またそこで陶然としていた。ローズは去りがたい思い、甘美な悲しみとともにそこをあとにした。声に出してつぶやく。「また来るわね」

ローズは小さな駐車場で待つカントのところに戻った。石と同化し、新しい自分になったような気がする。カントは車から出てドアを閉めると反対側の道を指して言った。

「Going to eat now.（じゃあ、食事に）」

「Eat what？（何を食べるの？）」

豆腐、と彼は答えた。ローズは彼のあとについて、小さな寺が軒《のき》をつらねる道を進んだ。どの寺にも小さな前庭があり、書道の筆運びを思わせる木々が見えた。やがて、左側に見えてきた門をくぐり、通路を進む。道の片側は紅葉と苔に彩られ、もう片側はガラス越しに広い畳の部屋がぼんやりと見えた。靴を脱ぎ、座ぶとんに座ると、目の前のテーブルのうえにコンロがある。「Only one menu.（メニューはひとつだけ）」とカントが説明する。ローズは緑色のペーストを載せた四角い豆腐を思い切って口に入れた。大豆と木の芽の思いがけない味に驚き、理由《わけ》もなく笑い出す。カントは無表情のままだった。熱いお茶が出され、ローズはどうせならビールがよかったのにと思う。カントが言う。「Meet Scott san now.（じゃあ、スコットさんに会いましょう）」ローズはカントについて車に戻り、窓の外を流れる街の風景を見るともなしに眺めていたが、急に車のドアが開き、思わず身をすくめた。「Scott san inside.（スコットさんがなかでお待ちです）」カントが暖簾で正面の隠れた建物を指して言った。

南禅寺の余韻はまだ続いており、鉱物のヴェールが彼女を包んでいた。何かが漂い、何かが水のように流れだそうとしている。ローズは、屋号の描かれた四枚の茶色い布からなる暖簾をくぐり、ガラス戸を開けて茶屋に入った。暗い色の壁に、瓦葺の屋根とひさしがついた古い建物のなかに入ると、そこはすべてが木でできた夢の国だった。使い込まれた棚には、長い房のついた橙色の紐がかけられた茶葉の古い壺が並ぶ。白いブラウスに緑のエプロン、修道女の頭巾のような大きな白い被りものをした若い女性の一群が派手な挨拶でローズを迎え入れる。天井から下がっている紙にはきっとお茶の銘柄が書いてあるのだろう。L字型のカウンターが店舗を区切っていた。その後ろには大きな書が縦に飾られ内装の中心となっている。女性たちは商品を包んだり、量ったりで忙しそうだ。右側の明るく照らされたガラスケースにはお茶の道具や缶が並んでいた。そのうちのひとつ、いかにも高級そうな小さな器につけられた値札を見て、ローズはずいぶん高額だと思った。英語で話しかけられ、ローズは不意を突かれた。近寄ってきた女性の大きな被りものが気になり、何を言われているのかすぐにはわからなかった。

「Okyakusama needs help.（オキャクサマ、何かお困りですか）」

「Oh, the tea room, please?（ああ、喫茶室はどこですか）」

若い女性はにっこりと微笑み、店の奥を指したかと思うと、指先で右側を見るよう促した。ベス・スコットが砂壁にもたれ、本を読みながら彼女を待っていた。店全体を古めかしく見せている古材がテーブルにも使われていた。縦に透かしの入った間仕切り板には、比較的明るい色の木材が使われており、そこだけがモダンな印象だった。不思議なことに、こうした新しいものと、カウンターの奥に並ぶ鉄瓶や竹製の道具の組み合わせを見ていると、長い時の流れを感じ、昔の情熱を思い出す。窓越しに街路が見える。彼女の使っている寝室にあるのと同じような窓ガラスだ。反対側の広い窓からは紅葉やシダ、ツツジの植えられた小さな庭が見えた。

ベス・スコットは目を上げ、ローズを見た。

「ボンジュール、また会えてうれしいわ」

そしてローズが腰を下ろすのを待ち、話を続ける。

「神秘的な体験をする覚悟はある？」

室内のやわらかな光のもとで見る彼女の顔はシルクのように上品でやさしげだった。

「ここはどこなんですか」

「京都市街で数少ない濃茶が飲める場所よ」

ふたりは探るように見つめあった。

「遠くから来たのね」とベスは言った。ウエイトレスが来て、ベスは日本語で注文した。ベスの日本語にローズはうっとりした。緑のエプロンをつけたウエイトレスは口に手をあてて笑い、すり足で去っていった。

「今日は南禅寺からこちらへ来ました。父に言われて寺巡りをしています。遠くから来たというのはそういうことでしょうか」

「南禅寺がどこよりも美しいとは言わないけれど、行くたびにちょっと泣きそうになるのよね、あそこは」

「禅寺の庭で生きてきたみたいですね」

「ああ、ポールがそう言ったのね」とベスは笑った。

ポールの名が出たことでローズの顔に赤みがさした。

「父とはどこで知り合ったのですか」

「私はハルの顧客だった。でも、私たち、友達だったわ」

「ベスさんのお仕事は？」

「いろいろ。私は夫と死に別れ、お金持ちで、京都が大好き。一年のうち九か月はここにいる。ほかに言うことはないわ」

いいえ、もっと言うべきことがあるはず、とローズは思う。

「私の母は五年前に、亡くなりました。その時、私は父が連絡をくれるのではないかと思っていました」

「五年前？　ちょうど五年前、ハルは病気になって、その後ずっと長く苦しい闘病生活があって」

「ここでは皆、病気になってしまうのですね」

「クララのこと？」

ウエイトレスがベスの前に緑色の長方形の菓子を置き、ローズの前には白く丸い菓子を置いた。フォークの代わりに竹の楊枝が添えられている。ローズの菓子皿には黒と灰色の筋模様が躍っていた。

「お食べなさい。何か胃にいれておいたほうがいいわ」とベスが言った。

ローズはたどたどしい手つきで楊枝をつかい、やわらかさに手こずりながらも、菓子を口にした。なかには餡が入っていた。外側の生地の控えめな甘さと、こってりした餡のコントラストが快い。

「彼女はどんなひとでしたか」とローズは尋ねた。

「クララのこと？　面白くて、ざっくばらんで、気取りのないひと。ポールは何を考えているかわからないひと、複雑なひとだから、クララが彼を現実世界につないでいた。ふたりでよく笑っていたわ。彼女はほんとうにポールを愛していたのよ」

ローズは楊枝を置いた。

「ポールはこの十年看病ばかり。彼の時間は病人の介護と娘と仕事だけでいっぱいだった」

「クララが亡くなったあと、つきあった女性はいないのかしら」

「何人かいたようだけど、本気ではなかったわね」

「東京にいるひとかしら」と言った直後にローズは後悔した。

だが、ベスは淡々と答える。

「彼女たちは特別な存在じゃない」

ひとりで馬鹿みたいだとローズは自分に苛立つ。

「クララの葬儀は私が参列したなかでいちばん悲しいお葬式だった。アンナはまだ二歳。アンナがいるからポールはかろうじてもちこたえた。娘がいなければ死んでいたんじゃないかしら。彼は地獄にいて、私たちはそばにいながら何もできず、ただ悲嘆に暮れるばかりだった」

ふとローズの心にひらめくものがあった。

「彼が足を傷めたのはなぜ？」

「彼の口から聞きなさい」

ウエイトレスが器をふたつ載せた盆を運んできて、いったん、隣のテーブルに置いた。まずひとつ目の器を手に取り、掌のなかで回した後、ベスの前に置き、頭を下げる。黒光りする美しい器には繊細な筆遣いで白うさぎが描かれていた。ローズはそれを見て、素敵だと思った。だが、ふたつ目の器には驚きが待っていた。不規則にうねり、明るい色の地に灰色のひび割れが大胆に躍っている。それは、苦しい修行のように装飾性を排除し、尋常ならぬ傷口をさらす無骨さを秘めた器だった。

「このひび割れは、北宋の技術ね。素晴らしいと思わない？　シンプルを極めると思いがけないかたちで複雑な美が生まれるの」とベスが言った。

器の底には光るように濃い緑のべっとりしたものがあった。ローズは器を左右に傾けてみたが、濃厚な液体はほとんど動かない。

「これ、飲めるんですか」

ローズの問いに、ベスがうなずく。匂いを嗅ぐと、高桐院のお茶の味、無の力強さ、圧倒的な力を思い出した。冷たい水に身を投げるように、濃茶をぐっと飲む。苦味が胃にくる。その後、すぐに芹や野菜、草の青臭さが口に広がる。好きと言えるかしら。何もかもが研ぎ澄まされる。喉を緑のものがたっぷりと重く流れていくのがわかる。

「これが茶会で最初に出される濃茶よ。もうすぐ二服目がくる。今度のは、器に残った茶に湯を足して、もっと薄くしたもの」

ローズはまだ口のなかに残る練りもののような濃茶を舌でねぶってみる。どこか南禅寺を思い出させるものがあった。時間の厚み、失われた原初の力といったものを感じたのだ。ウエイトレスが器を下げにやってきた。ローズにはもう菓子も必要なかった。苦味こそが波を呼び、忘れられた場所へと彼女を運ぶのだ。

「昨日、夢を見たんです。大きなお寺があって、梅の林があって」

「北野天満宮ではないかしら。西側の今出川にある。二月になると皆、観梅《かんばい》に行くのよ」

ベスは自分の器を指して続ける。

「十六世紀末、これまでにない大がかりな茶の宴が時の帝のために開かれて、三人の茶道の創設者が招かれた。そのうちのひとりが千利休。たくさんの人が集まったそうよ」

とつぜん、ローズはポールを思った。頭を振り、考えないようにする。

「ベスさんはお子さんがいらっしゃるの？」

ベスはローズの問いを無視した。

「あなたの存在を明かされたときはショックだった。想像してみて。たくさんの京都人が参列した盛大な葬儀で、ポールがハルの手紙を読み上げたの」

「手紙？」

ベスは答えない。やがて、ようやく口を開くと「たぶん、公証人があなたにその手紙を渡すと思うわ」と言った。

「私はいつものけ者ね」とローズがつぶやく。

ベスは笑った。

「人生なんてそんなものよ」

二服目が運ばれてきた。高桐院で口にしたのと同じ味だが、もっと洗練されている。森の香りや、下草の感触を思わせるものを感じる。

「南禅寺のどこが気に入ったの」とベスが尋ねる。ローズは言葉を探した。

「透みきった感じだとか、動いてないのに原初的な流れがあるようなところ」

ベスがまた笑った。感心しているような、少し驚いているような笑みだった。

「あなたたち、似ているわ。ポールとあなた」

「どこが似てるのか、思いつきません」

「陸に囲まれた内海にいるみたいなところ。ふたりとも、閉ざされた海を漂っている」

ベスはうつむき、何か考えているようだった。

「ハルが喜びそうな話だわ」

ローズは菓子に手をつけていなかった。

「食べないの？」

ローズはかぶりを振った。ベスが微笑む。

「さあ、もう行かなくちゃ。今度は別の茶屋にご案内するわ。きっと、そこも気に入るはずよ」


ふたりは店の外で別れた。家に戻り、ふとんで横になったものの、どうしようもなく気持ちが昂ぶっていた。いや、何かやり足りないのだろうか。昨日、あやめが活けられていた場所には、紅椿が活けられており、南禅寺と響きあうものを感じて、ローズははっとした。何もかもがちゃんと存在している。なのに、私はその〝何もかも〟のなかに含まれていない。動かないのに動いているような石、線の描かれた灰色の砂、苔の上の木々が目に浮かぶ。何を見ても、ポールの不在を思う。ローズはなぜか、流氷に乗り、石の流れのなかをさまよっているような心地がした。一時間ほど何をするでもなくぼんやりした後、ローズは立ち上がり、廊下に出たところで、急に動けなくなった。しばらくして、ようやく我に返り、左に折れ、壁の一部、木材の色がそこだけ暗い部分に手をやり、横に滑らせてみると、思いがけず引き戸が開いた。その部屋は、取り繕うことなく、在りし日のままにされていた。部屋に入ってみる。あちこちに茶器が置かれ、畳の上に土や漆のサンプル、茶筅《ちゃせん》が転がっている。火鉢もあり、鉄瓶が載っていた。床の間のかけ軸には、凍りつく地面にうつむいて咲く三本のすみれの花が描かれていた。かけ軸の下にはブロンズの花器があり、竹の破片が突っ込まれている。ツツジの咲く中庭に面した広い窓からは、輝く夕日を浴び、濡れた木の葉が輝いているのが見える。部屋は空っぽで静まりかえっていた。それでも、ローズは〝佇まい〟を感じた。無言で見守る幽霊の姿かもしれない。ローズは脇腹を苦しげによじらせた黒い器に歩み寄った。この部屋で道具を動かしたり、この質素にして贅沢な器で茶を飲んだりしている父の姿を想像してみたくなった。茶筅の横に光沢のあるハンカチのようなものが落ちていた。深く美しい紫色の布は、ところどころめくれあがり、作意のないかたちでそこにあった。まるで、見えない手からたった今落ちたばかりのようだ。ふと、ローズの目に、力強い動きでしなやかに、ゆっくりとかがみ込む人影が見えた。床の間のかけ軸に近づいてみる。すみれの花の下には詩のように短い言葉が毛筆で書かれている。右上の文字はそのまま鳥になって空に飛んでいきそうな勢いだ。凍りついた地面からはわずかに蒸気が立ち上り、すみれは生きていた。ローズは外の物音でようやく我に返った。そして部屋を出ると、不思議な畏敬の念を感じつつ、そっと戸を閉めた。

《紅葉の間》に行くと、サヨコが眼鏡をかけ、座卓のうえに書類を広げていた。

「I'd like to go to Kitsune for dinner.（夕食は《きつね》に行きたいのですが）」

「Now ?（今からですか）」とサヨコに尋ねられ、ローズはうなずいた。サヨコは自分の電話を取り出し、誰かにかけ、すぐに通話を終えた。

「Kanto san coming in ten minutes.（十分ほどでカントさんが来ます）」

「Thank you.（ありがとう）」とローズは言い、唐突に思い立ち、

「I need to write a letter.（手紙を書きたいの）」とつけ加えた。

サヨコは立ち上がり、小さな机の引き出しから便せんと封筒を出してきた。ローズはサヨコの隣に座り、サヨコの差し出す万年筆を手にすると、脈絡のない物思いに沈んだ。やがて、書き始める。「父についてあなたから話を聞きたいです」それから息を殺し、書き加える。「あなたがいないと寂しい」大急ぎで便せんを畳むと封筒に入れて封をする。

「For Paul.（ポールに）」と言ってサヨコに渡すと、昂ぶりが抑えられなくなり、ローズは逃げるように庭に出た。

第八章

北宋の時代の中国では、古代の賢者が夢見た理想郷のように、詩歌や書画がともに発展し、交流も盛んでした。当時、人々は好んで、風景や花を描き、詩に詠みました。そんな時代の偉大な山水画家の話です。彼には孫娘がおり、彼女は毎日、椿の花を描いてくれと画家にせがみました。十年にわたり、彼女は椿の画をねだり続けました。しかし、その孫娘は、十五歳の時にとつぜん、重病をえて、わずか一夜で死んでしまいました。夜が明けると、范寛《はんかん》は涙に濡れた椿の花を描き、その下に、舞い落ちる花びらの詩を添えました。まだ乾かぬ作品を前に、彼は自分の最高傑作を恐ろしいとさえ思ったそうです。

涙に濡れた椿

《きつね》の赤い提灯の前に立つ頃には、なぜあんなにもここに来たいと思ったのかわからなくなっていた。カントはカウンターに座り、ローズは六人がけテーブルの正面に座った。焼鳥屋にほかの客はいなかった。料理人が彼女のところに来る。

「Same as last time but beer only.（先日と同じものを。飲み物はビールだけで）」

料理人は厨房に戻っていった。その顔に感情は読み取れない。ビールの最初のひとくちを長々と流し込んだ後、あたりを見回した。新たに細部が見えてくる。カウンターには、日本酒の瓶を背に、黒電話が置かれている。琺瑯製の看板はわざと錆を見せている。漫画のポスターのなかには破れているものもあった。この場所を愛したハルはどんなひとだったのだろう。恨みがましい気持ちが湧いてきて、ビールをもう一杯頼む。自分はひとりぼっちで、何も見えていない。感傷的な自分を責め、期待した自分を悔いる。期待？　何を期待していたんだろう、とローズは三杯目のビールを頼みながら自問する。カントはローズに背を向け、厨房の男と静かに話している。気遣いはあるものの、何だか監視されているようで、腹が立ってきた。喪の作業、流れる石の表現、ポールに宛てた手紙、何もかもが馬鹿らしく思えてきた。また恨みがましい気持ちで焼き鳥をかじる。四杯目のビールを頼んだとき、料理人がカントに目配せをしたのが見えた。カントは、小さな身振りでそれに応え、自分が送り届けるから飲ませてやってくれと伝えたようだった。やりとりを見ていたローズは侮辱されたように感じた。その後、ようやく彼女が立ち上がろうとすると、カントが歩み寄り彼女の肩を支えた。ローズは抗うことなく、車まで連れていかれた。家の前の庭まで来ると、ローズはひとりでだいじょうぶだと身振りで伝え、カントはそこで帰っていった。ローズは暗い《紅葉の間》にたたずんだ。紅葉が夜風に重たい枝をそっと震わせている。南禅寺の樹木は苦しいまでに研ぎ澄まされた爪のように彼女の記憶をかきむしった。ローズは部屋に戻り、服を脱ぐ。裸のまま窓の外を眺め、手で額をぬぐい、ふと目をやると、ふとんの上に置かれた四角い紙片に気づいた。かがみ込み、薄闇のなかで目をこらす。そこには「Paul san coming tomorrow at 7:30, I wake you at 7:00, Sayoko.（ポールさんが明朝七時半に迎えに来ます。七時に起こします。サヨコ）」とあった。

ローズは胸の前で腕を組み、畳のうえに頽《くずお》れた。雲を透かして淡い星の光が見える。川のほうから不思議な歌が聞こえてくる。ローズは長い間、目覚めたまま、じっと動かずにいた。しばらくして、寒さにはっとすると、掛けぶとんを引き上げ、薄いシーツにくるまった。夜は輝き、ローズは精霊の存在、ため息のように薄闇を行き来する息吹を感じていた。初めてここに来た時のこと、マグノリアの花が光をさんさんと浴びていたこと、すでにそこに精霊の存在はあったのだと思い出す。何もかも同じだが、何もかも変化していく。花はどんどん大きくなり、ローズは怖くなる。やがて夢も見ずに眠りに落ちた。戸を三回叩く音がして、ローズは飛び起きた。身を起こし、朝になったことに気づく。頭痛がする。

「It's seven o'clock.（七時です）」と戸の向こうからサヨコの声が聞こえ、ローズは「I am getting ready.（今、支度します）」と応じた。シャンプーとソープを間違い、髪がまとまらず、ワンピースを着たが、皺がついていることに気づき、スカートとブラウスに着替えたものの、ぱっとしない組み合わせだ。鏡を見ると、どうみてもうまくいっていない。口紅を引き、あわててコットンでふき取り、《紅葉の間》に行く。ポールとサヨコはローズの姿を見るなり、噴き出した。ローズは驚き、その場で凍りつく。

「なに、どうしたの？」

サヨコがさっと歩み寄り、青い帯からハンカチを出すと、ローズの頬をぬぐった。サヨコと目が合った瞬間、ローズは控えめながらそこに哀れみの感情を読みとった。サヨコは一歩下がって、拭き残しがないことを確かめ、今度はローズのブラウスを見てまた笑った。「裏返しですよ。それも、着こなしのうち？　頬の口紅と合わせたのかな」とポールが言う。

ポールがローズに微笑んだ。疲れているようだが、楽しそうだ。背が高い。だが、顔は青白い。大きくて、疲れているひと。私が疲れさせているのだとローズは思った。

「着替えてくる時間はあるかしら」

「残念だな。暗い一日をせっかく明るい笑いで照らしてくれたのに」

「頭が痛いんです」とローズは答えた。

ポールが短く言葉をかけると、サヨコがローズを手振りで呼び寄せ、台所に連れていった。サヨコは子どもにするようにローズを座らせ、一杯の水と白い錠剤を差し出した。ローズはおとなしく飲む。「Rose san eat something？（ローズさん、何か食べますか）」ローズは首を横に振った。そしてブラウスの裏表を直すと、台所を出てポールと一緒に玄関に向かった。庭を抜け、門まで来たところで、ローズが振り返ると、サヨコがお辞儀でふたりを送り出していた。やがて、顔を上げたサヨコは小さく手を振ってみせた。ローズも会釈を返し、車に乗り込んだ。

「朝早く起こしてすみません。でも、開門と同時に寺に入らなければ。そうでないと、人が多くて大変なんです」

「今日は東京じゃなかったんですか」

「今朝早くに戻りました。昨日は夕食のあと、アパルトマンに寄ってシャワーを浴びて、朝いちばんの新幹線に乗ったんです」

「東京にアパルトマンをおもちなんですか」

「ハルのアパルトマンです」

「じゃあ、寝てないの？」

「ええ、徹夜です。顧客と夕食をとったんですが、これが長引いて」

彼は笑った。

「大きな取引には長時間の食事とたくさんの酒がつきものなんですよ。日本ではね」

彼はあの手紙を読んだのだろうかとローズは自問した。駅のホームにたたずみ、何を考えているのかはわからないが、もの思いに沈む彼の姿を思い浮かべた。彼が隣にいるだけで心が揺れた。おとといの晩、彼の手に触れたことを思い出し、さらに動揺する。ポールは何も言わない。黙って窓の外を流れる風景を見ている。車が停まった。すでに三台のバスが到着し、駐車場は観光客であふれていた。ローズはポールのあとについて、茶店がぽつりぽつりと並ぶ、緑あふれる参道を歩いていった。ポールが拝観料を払うのを待ち、睡蓮の咲く大きな池沿いの小道をついていった。睡蓮の池は嫌味なほどに絵葉書のようで、いかにも観光地らしく、ローズは気に入らなかった。ふと思う。私はクリーニング屋からクリーニング屋へと運ばれていくリネンの袋みたいだ。ふたりは池のほとりを離れ、紅葉が物憂げなアーチを描くなか、石段を上り、寺の入り口に着いた。靴を脱ぎ、左に折れて、ほかの参拝者の後ろを抜け、庭の前に出る。

「竜安寺です」とポールが説明する。

石と砂の大きな四角い庭を眺めるが、何も感じない。だが、爆発音が遅れて聞こえてくるように、素材《マチエール》の力に打ちのめされ、ローズは木の床に頽れた。庭の外側から紅葉や桜の枝が滝のように囲いのなかへ流れ込んできている。奥には濃く豊かな葉叢《はむら》が緑の幕をつくっている。内側にある平行線が引かれた砂と大きさの異なる七つの石群（十五の石が七つの島をつくっている）は、それぞれ楕円形の線で囲まれている。だが、ローズが見ていたのは、斜めの屋根がついた壁の方だった。灰色の練瓦を使った部分と樹皮で葺いた部分がある。イタリアの宮殿のような波模様や古めかしい彩りに覆われた黄土色の壁は、石を囲む金地のような苔と響きあっていた。

「あの壁は昔からあの色だったのかしら」

「いや、もともとはもっと明るい色だったのかもしれません」

「あの壁が庭をつくっているのね」

ポールは驚いたようだ。

「ここの石は、どの角度から見ても、一度にぜんぶを見渡せない配置になっています」

ローズは石や砂に気持ちを集中させようとしたが、心が入らない。目はどうしてもフレスコ画のような黄土色の壁に惹きつけられる。

「竜安寺についてはいろんな解釈がありましてね」

「読んだのですか」

「仕事のために少しだけ」

「何か学びました？」

「あなたは植物学の本を読んで、何か学んだことがありますか」

この質問にローズは憮然とした。

「ある、と思います」

でも、私は花を見ていなかったとローズは思う。再び素材《マチエール》と向き合い、何か手がかりになるものを探そうとする。

「ハルはビジネスではしたたかでしたが、人づきあいにおいては誠実なひとでした」とポールが言う。

ああ、このひとは私の手紙を読んだのだとローズは思った。彼女のなかで何かが揺さぶられ、壁という物体が彼女を惹きつける。

ポールは話を続けた。

「初めて会ったとき、ハルは僕にこう言ったんです。『私にはセンスがあるが才能はない』。何年かすると、それこそが彼の強みだとわかった。ハルは自分のことがよくわかっていました」

ローズは手前の三つの石のまわりの楕円形だけに注意を向けようとしたが、どうしても集中できない。

「だからこそ、皆、彼に惹きつけられた」

ローズの目は再び黄金色の壁を見ていた。

「彼はいかにも日本人らしいひとだったけれど、考え方が他の人とはまったく違っていた。彼が僕をそばに置きたがったのは、異端と思われがちな自分の考えを聞いてくれる相手として、外国人の耳が必要だったんだ」

「何についての考え？」

「たとえば女性観。ある時代まで、日本女性は西欧的なフェミニズムを知らなかった。でも、ハルは彼なりにフェミニストだった。男だけで夜に集まることはなかった。彼のもとでは女性も積極的に議論に加わっていた」

「だから、行きずりの外国人女性に自分の子を産ませたってわけ？」

自分でも子どもっぽいと思ったが、言ってしまった。ローズは唇を噛んだ。

ポールは何も答えずに続けた。

「彼の一番すごいところは、与えることが出来る人だったこと。たいていの人は、恩義やしきたりにとらわれていたり、ただ習慣に流されたりして、すぐに見返りを求める。でも、彼は与えることの大切さがわかっていた。だから、与える」

ローズは危険な香りを感じ、囲みに神経を集中させた。するととつぜん、ひとつの石に目が引き寄せられた。砂からかろうじて顔を出している、他よりも小さな石だ。その石は無限の海を漂っていた。

「最後の数か月、クララがもう手の施しようのない状態になったとき、僕らは毎晩話をした。彼のオフィスに会いに行き、酒を飲み、話を聞いてもらったり、言葉をかけてもらったりした。ハルはどんなときも無理に僕に話を合わせようとはしていなかった。あの時、僕たちは、これまでになく深く複雑な感情を共有していた」

ポールは黙り込んだ。それ以上話したくないのだろうとローズは思った。ふたりの後ろから中国人の団体がにぎやかに話しながらやってきて、床板を揺らした。

「竜安寺には何にも感じませんか」とポールは尋ねた。

「巨大な猫のトイレみたいね」

ポールは噴き出した。ほんの一瞬だけ、別のポールが現れた。きっとこれが以前のポール、喪失の体験が殺してしまった昔のポールなのだろうとローズは思った。ふたりはしばらく無言のままそこにいた。視線を惹きつけた孤独な石を起点に、ローズの目はほかの石へと渡り、石と砂のテキストを読んでいった。すると光景が変わった。壁をじっくり見ると、もはやさきほど見たはずのものとは違って見える。乾いた砂の長方形に目を戻すと、時間が揺れているのが見える。生まれ、苦しみながら生き、死んでいく、それぞれの時間、とローズはつぶやく。ポールを見る。彼は目を閉じていた。ローズは墓地で彼が見せた涙を思い出す。これ以上踏み込むのは危険かもしれない。だが同時に親密さを感じ、期待に震える心もある。降り積もる時間の厚みで褐色になった壁を見ていると、庭こそがこの壁を立たしめていること、花のない鉱物だけの世界こそが時を永遠にしているということがわかる。こうして時の流れが変わってしまった以上、何をしようと、もう以前のようにはいかない。ふと、理由もなく、さきほどふたりを送り出した時のサヨコのしぐさを思い出す。砂に漂う石は孤独だけれど、そこには〝贈り物〟が秘められている。何を差し出しているのだろうとローズは庭を眺めながら思う。乾ききってむき出しの状態にあるのに、何をくれるというのか。心のままに七つの石群の示す楽譜を眺めるうちに、時間を超えた海に溺れてしまいそうな自分がいる。庭そのものが何かを差し出しているのもわかってきた。

ポールが立ち上がった。ポールのぎこちない、それでも流れるような動きを見ながらローズもあとを追う。車に戻ると、ポールは疲れているように見えた。

「次はどこへ？」

「ハルの家に送ります」

「お昼は一緒に食べないのね」

「アンナを迎えに行かなくちゃならないんです。昨日の晩、佐渡島から戻ってきているんです」

「じゃあ、アンナのために東京から戻ったのね」

ポールはこの質問が聞こえていないようだった。

「公証人に会う前に、まだ連れて行かなければならない寺があるから、というのも、もちろん理由でしょうけど」とローズは言い足した。

「あなたのために戻ってきたんですよ。うんざりさせる名人さん」

ポールは身を倒し、運転席のカントの耳元に何かささやいた。カントがうなずき、電話をかけると日本語で喋り、短い通話を終えた。無言のふたりを乗せたまま、車は長い時間走り続け、ローズは心細くなった。市街地に入り、ふたりはアーケードのある大通りで車を降りた。ポールが建物のなかに吸い込まれるように入っていき、階段を上る。その足取りは重く、疲労と腰の痛みがにじみ出ていた。ポールが扉を押すと、そこは、白いテーブルとアップルグリーンの椅子が並ぶいかにも現代的な店だった。カウンターの奥には大きなボードがあり、大げさなまでに装飾的なワッフルのメニューが並んでいる。ポールはほっとしたように腰を下ろし、ローズも彼と向き合う席に腰かけた。

「ワッフルの店なのね」

「僕はベルギー人ですからね」

背後で扉が開く音がした。ポールが笑顔で立ち上がる。さきほどまでの疲れた様子が嘘のようだ。ローズが振り向くと、よく日に焼けた褐色の髪の少女がこちらに走ってくる。ローズに気がつき、ほんの一瞬足を止めたが、そのまま父の腕のなかに飛び込んだ。つき添いの日本人女性は四十代ぐらいだろうか、彼女もはにかみながら歩み寄ってきた。ポールは娘の肩に腕をまわし、その女性に挨拶して、二、三言葉を交わして笑った。ローズも立ち上がっていた。アンナの顔に見とれていたのだ。

「アンナ、こちらがローズだよ」ポールが紹介する。

少女は真剣な顔でローズを見つめ、歩み寄ってきたかと思うと、背伸びして頰にキスをして尋ねた。

「ハルの子どもなの?」

「そうみたいね」とローズは答えた。

アンナは口を結び、額に皺を寄せてじっとローズを見た。

「ローズ、紹介しましょう。こちらがメグミさん、娘のヨウコさんはうちのアンナの親友なんだ」

日本人女性は微笑みながら軽く頭を下げ、ためらいがちに何か言った。ポールが通訳する。

「『よくいらっしゃいました。どのくらい滞在するのですか』と訊いている」

「さあ、わかりません。言われたとおりにするまでですから」

アンナが再びいぶかしげな目でローズを見た。ポールが通訳して何か言うと、メグミは満足したようだった。メグミはお辞儀をして帰っていく。出口で振り返ると、朝、サヨコがして見せたのと同じしぐさをした。ウエイトレスが注文を取りに来る。アンナがたわいないお喋りを始め、ポールは笑顔で聞き入っている。ワッフルが来るとアンナは自分の分を勢いよく食べはじめた。ローズは、自分の前に置かれた皿、積み重なったワッフルと緑のクリーム、小豆を用心深く眺めた。

「ワッフルはすきじゃないの？」

口いっぱいに頬ばりながらアンナが尋ねる。

「この火星人みたいな緑色がなんだかわからなくて」とローズが答えると、アンナは声をあげて笑い、父を見た。ローズはあらためてアンナのこげ茶色の髪、褐色の肌に心を揺さぶられた。ブロンドの髪で青白い肌のポールとは大違いだ。小さくて、か細い身体に繊細な顔立ち、少し上を向いた鼻と黒く輝く瞳。きっと母親にそっくりなのだろう。アンナは忙しく口を動かしながら佐渡島での日々を語り、笑い、その合間にじっとローズを観察している。アンナの警戒心、丹念に観察を続ける用心深さにローズは気づいていた。私もそんな子だった、とローズは思い出す。アンナはポールにワッフルをもう一品せがみ、ローズを味方につけて、説得する。ついにポールが許すと、勝ち誇ったまなざしを浮かべる。

その一方、急にまじめな顔で話し出す。

「どこに住んでいるの？」

「パリよ。トゥレーヌにも家があるの」

「それ、どこ？」

「ちょっと南のほう」

「そこのお話ある？」

「お話？」

「妖精とか、小鬼とかいないの？」

アンナはローズの目をじっと見ている。私が望んでいるのはこれなのかしら、とローズは自問する。ふとポールに目をやる。額の皺が深くなっている。何か案じているようだ。アンナは答えを待っている。

「いるわよ」ローズはようやく答える。

「私のおばあちゃんはそういうお話をたくさん知っていたわ。いたずら鬼の話もね」

「その話、きかせてくれる？」とアンナがせがむ。

ローズの心は雑草のように引き抜かれた。ほんの一瞬で別の世界に入ってしまった。竜安寺の石がぐるぐる回り始める。むき出しの存在、鉱物の孤独、音のないテキストが確実に訴えているもの。何ももっていないからこそ与えているのだ。鋭い痛みと同時に何かが崩れた。

「ええ、ぜんぶお話しましょうね」

アンナはローズに微笑んだ。私は生きたままピンを刺された蝶のようだとローズは思った。ポールは立ち上がり、支払いを済ませる。ポールが安堵しているのをローズは感じた。

建物の下でカントが待っていた。

「あとは自由ですよ。僕はこのあとアンナを歯医者に連れていって、夕食はクライアントの接待が入っている。明日の朝また迎えに行きます。今日はカントがどこにでも連れていきますよ」

「あなたは一緒に乗っていかないのね」

「僕はこの近くに住んでいる」とポールは中心街のビルを指して言った。「どこか行きたいところはありますか」

「とりあえず、戻って着替えます」

ポールがカントに言葉をかけ、ローズは車に乗った。アンナが身をかがめ、さきほどと同じように頬にキスをした。ポールと目があった。その目は悲しみのヴェールに覆われていた。ポールの腕に触れ、つかみ、自分のほうに引き寄せたかった。ポールが車のドアを閉める。遠ざかる車にアンナが元気よく手を振っている。ローズもサヨコのしぐさを真似て手を振り返した。家に着くとローズは寝室に戻り、畳に寝そべった。昼までそのまま過ごす。赤い椿は光輝き、軽やかで悩ましげな炎を思わせた。じっと花を見つめていると、休むことなく、何かが彼女のなかでうごめいていた。

しばらくしてローズは着替え、《紅葉の間》に行ったが誰もいない。戸をノックして、台所に入る。サヨコが普段着姿の若い女性とお茶を飲んでいた。コーヒーと食事を用意してくれるというので、ローズは畳に座って待つことにした。ふたりの女性は楽しそうに会話している。ローズは喋らずにすむことに安堵し、日本語がわからないことを幸運に思いながら、その会話を聞いていた。コーヒーを飲み、食事をすませ、台所を去ろうとした。するとサヨコが手振りで彼女を引き留め、棚に置いてあった自分のバッグをさぐると携帯電話を出して彼女に渡した。「Code zero zero zero zero, number one is Paul san, number two is Sayoko, number three is Kanto san.（暗証番号はゼロ四つです。短縮番号1がポールさん、2がサヨコ、3にカントさんが登録されています）」ローズは電話を受け取り、部屋に戻ると、再び横になった。激しい雨が降り出し、世界は急に暗くなった。雨の輝きを受け、椿はきらきらと光って見える。その後、ローズは部屋を出て、廊下を進み、思いつきで茶室の向かい側にある引き戸を開けてみた。川に面した和室が現れ、ローズは部屋に入ってみる。家具はなく、医療用ベッドだけが、蜘蛛のように鎮座していた。正面の壁には抽象画が飾られ、漆塗りのナイトテーブルの上には黒い花器がある。雨で暗いからだろうか、その絵は全体がどこか不鮮明で、定まらない。深い墨染の下塗りのうえに、大きく濃い赤色が溺れるように置かれており、青白いマットレスの色と対照的だった。線も形もはっきりとしない。それでも、ローズはこれが花の絵だと確信した。椿、蓮、いや薔薇《ローズ》かもしれない。ここで死んだのかしら。ローズはベッドに歩み寄り、空っぽのマットレスに手を伸ばす。息をのみ、ためらい、退く。セダー油とアニスとすみれの香りが入り混じったような不思議な匂いが漂っていた。この部屋にはまだ名残があるような気がした。ふと、うなじに息遣いを感じる。金属製ベッドの強烈な印象に動揺していた。だが、何か別の感覚の回路が開いたようにも思える。死がどんなに強いものであっても、花はそこに生きているのだという事実にとつぜん思い当たる。アンナの顔が浮かぶ。きらきらした瞳、陽気な小鬼のような姿、遠ざかる車に手を振るしぐさ。黄金色の壁に囲われた石と砂の庭が見える。そしてローズは思った。庭がなければ壁には意味がない。引き継がれる永遠がなければ、人間の時間に意味はないのだ。

第九章

ある朝のことでございます。千利休が茶室に続く庭の敷石を清水で洗っていると、若い狐がすぐ近くの林から現れ、見事なナンテンの葉陰で立ち止まりました。利休と狐はしばし無言で見つめあいました。やがて狐はナンテンの小枝をくわえ、そっと折り取ると、平らな敷石のひとつを選び、そこに置きました。その晩には茶会があり、多くのひとがそこを通ることになっておりました。客人の通り道に小枝をそのまま残しておいたことに若い弟子のひとりが驚いていると、利休は言いました。狐とナンテンが先を急がぬことを教えてくれたのだと。

回り道を促すナンテン

三時、ローズは出かけることにした。《紅葉の間》に行くと、サヨコが一心にマグノリアの枝を活けていた。ローズが外出する旨を伝えると、サヨコは花を置き、座卓のうえから薔薇色の雲の模様が入った小さな財布を手に取り、ローズに手渡しながら言った。

「Money for stroll.（散歩のおこづかいです）」ローズは身振りで感謝を伝えると、サヨコは微笑んだ。ローズもぎこちなく微笑み返す。ローズがそのまま背を向けて去ろうとすると、サヨコが帯のあいだから一枚の写真を出し、ローズに差し出した。驚いたローズが手に取ると、そこにはサヨコと、彼女によく似たやさしそうな女性が三人写っていた。違うのは白髪交じりだったり、黒髪だったりする髪の色と髪形ぐらい。顔は白く艶のある肌と完璧な楕円形の輪郭が四人ともそっくりだった。畳に座って笑顔を浮かべている。背後には山が見える。

「My sisters.（姉妹なんです）」とサヨコが言った。

ローズは黙ったままだった。写真は皺が寄っていた。きっとサヨコはこれを何度も眺めてきたのだろう。ローズは女性たちの顔立ちをしげしげと眺めた。尽くしてきた女たちだ。でも、その笑顔は生き生きとしていた。

「You need one.（あなたにも必要ですね）」とサヨコは言った。

ローズはうなずき、写真を返した。玄関で傘を手にする。激しくなることもやむこともなく、小雨が降りつづけていたが、空は明るく、雲の切れ間からは太陽も見えた。川岸に出る。岸辺には鷺が点在し、じっと動かない。二日目に行った橋まで歩くと、左に折れてアーケード街に入り、あのワッフル店のある通りをしばらく散策する。とつぜん右側で自動ドアが開いたかと思うと、常軌を逸した騒音がもれてきた。ローズはそこが何かわからぬまま、ネオンサインがけばけばしく点滅する店に入った。カジノのような色とりどりのマシーンの前に、男も女も虚《うつ》ろな目をして座っている。とてつもない騒音とひどく低俗な雰囲気。これがほんとうの地獄だ。ハルの嫌った世界。心を病んだ日本の姿の不条理に背を押されるように店から出る。そのまま道を折り返し、アーケード街に戻ると、今度は右に折れて大通りに出る。大通りを渡って、さらに北上する。少しすると、さきほどよりは、心楽しく歩けそうな街並みに変わり、上品な店が連なるようになった。そのうちの一軒に入ってみる。木製の棚に、父のもっていた器に似たものがあるのを眺め、あれもこれも見事だと思う。米粒大のでこぼこがある白い深めの皿が光を乱反射していた。近づいてみると、器の脇に、ろくろの前に座った男性の写真が置かれている。もしかするとハルと取り引きのあった陶芸家かもしれない。値段を見るとそんなに高くなかった。店を出ると、道をさらに北へ進む。筆や和紙、漆の器をショーウィンドウ越しに眺める。何とも所在なく、自分が無作法に思えた。京都は彼女を歓迎していない。彼女を受け入れようとしない。ローズは偶然にまかせて何の意味もなく、目的もなくさまよい歩いていた。サヨコとその姉妹のこと、四人姉妹の笑顔が目に浮かぶ。決して自由に生きてきたわけではないのに、光り輝いているその顔。自分がますますよそ者に思えてきた。やがて、右側に屋号の入った暖簾を下げたあの茶屋が見えてきた。京都の中心街で、これまで下品に見えていた何もかもが、彼女の心を揺り動かし始めた。小さなビルも静かな通りも高級品店もどれもこれも。これらの風景がすべて、あの見事な庭につながっていることがわかった。ベス・スコットの言葉がよみがえった。神々がお茶を飲みにやってくる庭園。いや、神ではなく陽気な小鬼たちかもしれない、とローズは思う。どんなに高尚な場所にもどこかかつての自分を思わせる子どもの姿がある。

茶屋に入り、案内されるままに部屋の奥のテーブルに着いた。英語でオーダーすると、緑のエプロンをつけた店の女性が微笑み、「Which koicha？（どちらの濃茶ですか）」と尋ねてきた。ローズは途方に暮れる。メニューを見せてもらうと二種類の濃茶があったので、安いほうを選んだ。粘りのある茶をひとくち飲み、ポールのことを思った。彼がここにいないこと、彼の抱える底知れぬ悲しみを思う。明日まで会えないと思うと、つらくてたまらなかった。私は、誰もいないカウンターに置き去りにされ、回収されるのを待つ使用済みリネンの袋みたいだとまた思う。二口目を飲むと、アンナの顔が心を占めた。じっと観察する目、小鬼の話をねだる態度、アンナが父のポールに似ていないこと、つまりは亡き母にそっくりだろうということ。最初の一服を飲み終えると、二服目を待つ。薄茶のさわやかさに安堵し、二服目は早々に飲み終えた。携帯電話を手に取り、しばらくあれこれ押して、苦戦した末に、登録された連絡先を呼び出し、短縮ボタンの「3」を押した。応答を待つ。カントの声が聞こえると「I am at the tea house, can you come？（このあいだの茶屋にいます。迎えにきていただけますか）」と頼んだ。「Ten minutes.（十分で行きます）」ローズは支払いを済ませ、歩道で車を待った。雨はやんでいた。濡れたアスファルトの匂いがした。

カントが来た。ローズが乗るのを待ち、行き先を問うように後部座席を振り返る。

「Can we go to Nanzen-ji？（南禅寺に連れて行ってくれますか）」「Closed now.（もう閉まっています）」携帯電話の画面を見ると、すでに六時だった。「Home then.（じゃあ、家へ）」誰もいない《紅葉の間》でローズは、その場で横になり、葉陰で眠ってしまいたい思いに駆られた。そのとき、とつぜん電話が鳴り、ローズを驚かせた。携帯電話を開くと、画面にポールと表示されている。ローズは胸を高鳴らせながら、受信ボタンを押した。

「夕食のあと一杯つきあってくれませんか。疲れているかな？」

「いいえ」

「今、外ですか」

「いいえ、家にいます」

「クライアントと別れたら、すぐに迎えに行きます」

部屋に行き、風呂に入り、花柄のワンピースに着替え、口紅を引き、髪を結い上げる。化粧を落としてしまいたい衝動をこらえ、《紅葉の間》に戻る。紅葉がわずかに揺れていた。低めのソファに横たわり、揺れるような感覚を楽しむ。ローズはそのままぼんやりするうちに、眠り込んでしまった。漠とした夢の片隅で、アンナによく似た妖精が空を飛んでいた。妖精は宙に舞い上がったかと思うと、ローズの肩に降り立ち、彼女の名を呼ぶ。

ローズは目を覚ました。目を開けるとポールが彼女の顔をのぞき込んでいる。ローズは当惑して身を起こした。ポールは彼女をやさしい目で見つめ、突如、笑い出した。

「口紅がちょっとひどいことになってる」

ローズはとっさに頬に手をやった。ポールはまだ笑っている。

「鏡を見たほうがいいですよ」

ローズは洗面所に行き、口紅が右の口角に沿って流れ落ちていることに気づいた。よだれを垂らしていたのかしら、と思うとぞっとした。化粧を落とし、戻りかけて、気が変わった。口紅を引き直し、髪を直す。ポールの前に戻ると、彼の目に自分が美しく映っていることを感じた。しっとりとした空気のなか、かすんだ月の光を受け、ポールのあとについて車まで歩く。ポールの電話が鳴り、しばらく日本語の通話が続いた。ポールの声に疲れが感じられた。ためらう気持ちや遠慮も伝わってきた。電話が終わると、ローズは沈黙に耐えられなくなり、シートに座ったまま身じろぎをした。

「ベルギーに帰ろうと思ったことはないの？」

ポールがローズを見る。薄暗い車のなかで、ポールは深刻な顔をしていた。額の皺がいっそう深くなる。青白い顔は仮面のようだ。

「ベルギーに？」

また電話が鳴った。だが、ポールは着信を無視した。

「日本に来たとき、僕の望みはただ京都に住み、伝統の流れをつかみ、美術や文化を深く知ることでした。それを可能にしてくれたのが、ハルです。彼が死んだ今、僕はもうここに骨をうずめる」

ローズは話を変えようとした。昨日からほとんど眠っていないようだし、お疲れでしょう、と言うつもりだった。だが、すでに市街地に着き、車が停まった。ふたりは車を降り、階段を上った。その先に看板の出ていない扉があり、なかに入ると、きらめく円錐状のライトに照らされた薄暗いホールがあった。左側の壁に沿って、ナンテンがずらりと並んでいる。根元には、灰色の砂利が帯状に敷かれていた。右側のカウンターでは客たちが酒を飲んでいる。カウンターの奥の酒蔵には、礼拝所のような光に照らされ、日本酒が並んでいた。ふたりが店に入ると、歓声があがった。店の奥でテーブルを囲んでいた五人の男がふたりのほうに手を振っている。そのうちのひとりにローズは見覚えがあった。

「あの酒癖の悪い陶芸家ね」とローズがささやき、「しかも最悪なことにお仲間と一緒だ。今更引き返すわけにもいかない」とポールが答える。

「他のひとたちは誰?」

「写真家、NHKのプロデューサー、ミュージシャン、同業のフランス人。みんなこの時間にしては飲みすぎだな」

「同業って？」

「正確にいうと、パリに拠点を置く古美術商です」

ふたりは一団の待つテーブルに向かう。ローズは急に気分が軽くなった。飲みたいんだから、それでいいじゃない。他の日本人たちは親切そうな顔でローズを見たが、ケイスケだけは唇に不敵な笑みを浮かべている。ローズも睨み返した。今夜こそ、やってやろうじゃないの。そんな不穏な考えにローズ自身も驚いていた。古美術商のフランス人は髭もじゃの男で、五十代ぐらい、カシミアのセーターに水玉の蝶ネクタイをしており、かぶってもいない帽子を脱ぐ身振りで挨拶してきた。

「マドモワゼル、あなたはフランス人ですか」

ローズがうなずくと、男はにこやかに口笛を吹いた。

「座ったままですみませんね。ずいぶん酔っぱらっているものですから。こちらの日本人どもは野蛮人ですからね、女性の前でも立ち上がって挨拶しようとしないんですよ」

そしてふと考え込み、続ける。

「ここでは僕だけがゲイなんですけど」

やがて、再び飲みながらつけ加える。

「いや、別に関係ありませんね」

ローズとポールも席につき、男たちは騒々しく酒を注文する。ローズも最初の一杯をひと息に飲み干した。

隣に座った古美術商が話しかけてくる。

「僕はエドゥアール。あなたは?」

「ローズです」

ケイスケがにやにや笑いながら、彼女の父の名を挙げる。

「ああ、ハルのお嬢さんでしたか」

「ええ、そうでもあります」

「ほかには?」

「植物学者です」

「ほかには?」

ほかに? ローズは自問した。

「人をうんざりさせる名人でもあります」

彼は笑い、バトンのつながらないリレーのような会話が始まった。酒の助けもあり、話を続けるうちにローズは愛想がよくなっていった。こうして夜は更けていく。飲み、エドゥアールと喋り、笑い、一時間もするとローズは、すっかり酔っぱらっている自分に気づいた。エドゥアールとは花やレストラン、恋愛や裏切りについて話したような気がする。だが、ローズの目はさっきからナンテンを見ていた。一本だけやけに低い枝があり、今にも板張りの床につきそうになっている。淡い緑色の鳥のつややかな身体から羽根が一本、逆毛のように飛び出しているみたいだ。列からはみ出て、通路をふさぎ、その枝は葉緑素で出来た肺をいっぱいにふくらませ、何か叫んでいるような気がした。ポールはテーブルをはさんだ向こう側で隣席のひとたちと話している。ケイスケが数分置きに大声で酒を注文する。

「なんの話をしているの?」ローズはエドゥアールに尋ねた。

「政治の話だ」

会話にわずかながら間が生まれ始めた。ふと沈黙が訪れ、ケイスケが顎でローズを指す。

「がちがちだったあなたもようやく少しは解凍されてきたみたいだって、彼が言っている」とポールが言った。

ケイスケはローズを見ている。彼の目に皮肉めいた笑みがあった。だが、驚くことに、ローズはそこに限りないやさしさを感じたのだ。

「ケイスケがね、あなたはきれいだけど、愛想がないし、やせすぎだって言ってる」

酔っぱらいはさらに一言つけ加え、それを聞いた皆が笑った。

「何て言ったの？」

「僕に関することです。訳さないでおきますよ」とポールは言った。

今度はポールが日本語で何か話し始め、ローズの耳にも竜安寺という言葉が聞こえたかと思うと、皆が笑った。エドゥアールがローズの背中を叩く。

「あなたが竜安寺の庭を巨大な猫のトイレだと言ったのをばらしちゃったんですよ」とポールが説明した。

ケイスケがテーブルを叩きながら何か叫び、同席者たちはいっせいにうなずいた。

「禅寺の坊さんなんてくそだってさ」ポールが通訳する。

ケイスケはまた顔をしかめる。

「竜安寺は世界の終わりだとさ」ポールがまた通訳する。

その後、特に説明があるわけでもなく皆は会話を再開し、ローズもまたエドゥアールを相手に喋りだした。そして、ポールが知り合いを見つけ、出入り口まで挨拶しに行った隙をねらって、ローズはエドゥアールにさきほどポールがあえて訳そうとしなかったのは何の話だったのか訊いてみた。

「はいはい、教えてあげますよ」エドゥアールは面白そうに笑った。

「ケイスケはポールに『おまえがキスをしたら、氷の女もすっかり融けてしまうだろうに』って言ったんです」

エドゥアールはポールのほうを見て、

「僕だったら、ノーとは言わないけどね」と続けた。

さらにポールがこちらに戻ってくるのを見ると、

「今のは内緒だよ」とつけ加えた。

再び静寂が訪れた。ケイスケがローズを指差す。ほら、来た。勝負だわ、とローズは思う。ケイスケが喋りだすと、ポールは隣のテーブルから椅子をもってきて、ローズの後ろに座った。ポールは通訳として話し始め、ローズは彼の息遣いをうなじに感じた。

「おまえのおやじは商売人の身体にサムライの精神を宿していた。商売には貪欲なやつだったが、支払うべきものは支払う。なにがなんでも筋は通す。ポールもやつと同じ人種だ。ハルよりもやり方は穏やかだが、その分、ずるい。こいつはベルギー人だから日本人は不意を突かれる。ハルから学んだんだろうな。ポールは、ハルの弟子で、聞き役で、医者で友人だったからさ」

ケイスケは少し間を置いた。ローズは相変わらず、ケイスケの後ろのナンテンを、ちらちらと見ていた。ナンテンの不揃いな長さ、物憂げに逆らい続ける動きがローズの心をとらえていた。

「友人ってどういう意味かわかるか」とケイスケが問う。

「死んだ人ってこと?」とローズは返す。

ポールが通訳するとケイスケは大笑いした。

「おまえのおやじが言っていた。友人っていうのは、一緒に地獄へ堕ちることができる相手だってことだ。山に生きるやつらは大馬鹿だが、すべてが崩れ落ちるとき、ただひとりそばにいてほしいのは、そういう馬鹿な人間だとよ。で、おまえは? おまえはそう思えるほど大馬鹿であっぱれな人間かい?」

「いいえ、私はフランス人ですから」

ケイスケがまた大声で笑った。

「ああ、さすがにハルの娘だ」と言う。

誰かがナンテンのそばを、迂回して過ぎていった。ローズはその動きから目が離せなかった。ケイスケがポールに何か尋ねる。ポールが一言で答えた。ケイスケが問う。

「ハルは花が好きだったのを知ってるかい。でもおまえは馬鹿だな、植物学者なんて。ラベルをはりつけるだけで、ほんとうは花のことなんてどうでもいいんだろ」

ローズはケイスケの目をのぞき込んだ。そこにはただ思いやりがあふれていた。誰への思いやりだろう。ハルへの愛情？　それとも私？

「少なくともおまえのおやじは花を見る目があったよ」とケイスケが続けた。

「薔薇《ローズ》のことは見えてなかったようですけど」とローズは反駁した。

ケイスケは少し考えた末、ローズの言葉には応じず質問を続けた。

「おまえの専門はなんだ」

「地球植物学」

「花の咲く場所を探してまわるのかい」

「まあ、そんなところです」

ケイスケは笑った。

「そのうち花が見つかるだろうよ」

ケイスケは再び酒を飲んだ。

「『ひとつのばらはすべてのばら』。リルケの詩だ。おまえのくだらない学問とは大違いだ。おやじは薔薇《ローズ》を、おまえを見ていなかったと思っているのか。やつは商売人として生きた。女のことなんてまったくわかっちゃいなかった。でも、サムライだからな。まっすぐ進むのは命取りだと知っていた」

ローズは再びナンテンの枝に目をやった。何かが彼女の直観を刺激し、遠ざかったかと思うと、再び彼女の心の扉を叩いた。

「男にとって危険なら、女にとっても危険だ」ポールが通訳を続ける。「それをちゃんとわかっていないと、おまえも地獄にまっしぐらだ」

ケイスケは大げさに鼻をぐずつかせ、上着の袖で鼻水をぬぐった。

「おまえはまだ若い。脇に逸れ、寄り道することもできる。今を逃したら、もうチャンスはないぜ」

さらに何か言おうとしたが、あきらめて口をつぐんだ。ケイスケはポールを見る。

「おい、おまえはわかっているな。灰の、灰のな……」

疲れ切った様子で両手で頭を抱えたかと思うと、何かつぶやいた。

「なんて言ったの?」ローズが尋ねる。

「灰のなかから薔薇が咲く、だって」ポールが答える。

その声はくぐもっていた。ローズは思う。私が来た時にはもう闘いは終わっていたのだ。彼らはともに世界の終わりを生き抜いたのだ。私はいつも仲間はずれ。ポールはテーブルの向こうの席に戻り、ローズは自分が置き去りにされたように感じた。

「ケイスケは私にずいぶん馴れ馴れしくない?」ローズはエドゥアールに尋ねた。

「日本語とフランス語では、敬語のシステムが違うからね。でも、彼が君を自分の娘のように思って話しているのは確かだ。〝おまえ〟っていうのはフランス語の〝テュ（親しい間柄で使われるフランス語の二人称）〟のようなものさ」

「娘？」ローズは思わず聞き返した。

「私にはふたりの父親がいて、片方は死んでいるし、もう片方は酔っぱらいってわけ？」

「ケイスケは三人の子どもを亡くしている」エドゥアールがご丁寧にも思い出させてくれた。

「人をうんざりさせるのが得意なフランス人女性を養女にしたいなどと馬鹿げたことを言い出したとしても、とやかく言えるもんじゃない」

しばらくすると、ポールが立ち上がり、皆に挨拶した。疲れ切った顔をしていたので、ローズはおとなしく従った。出口に向かう途中、ローズは飛び出たナンテンの枝を避けるために身体の向きを変えた。その瞬間、昔から知っていたようにも、長いこと忘れていたようにも思える横道に入ったときの特別な感覚を思い出した。形も重さもない宙に浮いた場所に入り込んだような気がして、一瞬足が停まった。外に出るとローズは深く息を吸い込んだ。夏の匂いがする。暗がりに無言で立ち、ふたりを待つカントはこの世の者ではないようにさえ見えた。車に乗り込む寸前、ローズは急に向きを変え、今にも抱きついてしまいそうなほど、ポールに身を寄せた。ポールは驚いたようでとっさに、わずかながら身を引いた。ローズは酔っぱらっていたが、妙に冷静だった。

「だめなのね」と彼女はつぶやいた。

ローズはポールの腕に手をおいた。ポールは彼女の肩をつかみ、子どもにするようにやさしく向きを変えさせ、車に乗せた。ローズはポールにも望んでほしかった。いや、何を望んでほしいというのか。ローズは物思いに沈んでいった。

「ずいぶん飲みましたね。僕もしらふとは言えないが」とポールが言った。

ポールはローズの顔をのぞき込むようにして続けた。

「明日の朝、迎えに行きます。今までとは違う地区に行きます。そのあと、公証人のところへ行くことになっています」

「何をするの?」

「ハルが何を遺したか、公証人があなたに言い渡します」

ローズは言い返したかった。そんなのどうでもいい。だが、ほんの一瞬、川沿いを走る車窓から、月明かりのもと、大きな靄の帯が立ち昇るのがポールのシルエット越しに見えた。ローズは反抗的なナンテンを思い出し、頑固なまでに逸脱しようとする意志、逃げ出そうとする力を考えた。頭のどこかでケイスケの声がする。「一歩、脇に逸れてみろ」ローズは自分でも知らぬうちに応えていた。

「何でも受け止めましょう」

扉を閉める寸前、ローズはポールの顔に感情が爆発するのを見た。あれがポールの本心なのだろう。やがて、車は夜のなかに消えた。ローズは自分の家であるかのように父の家に帰り着く。寝室から外を眺め、山のほうへ、梅雨空へ、赤い月へと立ち昇っていく霞にすべてを預けると誓った。重い眠りに落ち、ふと短く目覚め、窓から月を探す。飼いならされぬ大きな月に、木々の枝が暗い縞模様をつくっていた。

第十章

明の時代の終わり、のちに画家となる石濤《せきとう》は三歳ですべての家族を失いました。唐の皇帝、崇禎《すうてい》率いる反対勢力によって殺されたのです。臣下のひとりが彼を大虐殺から救い、福建にある山寺に託し、彼はそこで書を学びました。やがて、寺を離れ芸術家としての道を歩みます。

石濤という名は〝石の流れ〟を意味します。彼はまるで生き物のように生き生きとした岩を描きました。だが、彼をいちばん夢中にさせたのは苔でした。それでも、苔を画に描くことはありません。ある日、友人の画家、朱耷《しゅとう》がその理由を尋ねました。石濤は言いました。「恋人のように石を包み、癒すのが苔だ。たぶん、いつかは苔の姿も描けるようになるだろう。そのとき初めて、私は戦《いくさ》の哀しみを忘れ、愛の物語を描けるようになるのだ」

石を癒す苔

早朝、激しい雨が降っていた。視界を遮るほどの雨を受け、川面は揺れていた。目覚めたローズは、畳に膝をつき立ち上がろうとして、部屋の隅に置かれている盆に気がついた。水の入ったコップと白い錠剤が用意されている。ポールがサヨコに電話してきたのだろう。ローズのことを話し、指示を与えたにちがいない。漠とした欲望の波が彼女を過った。薬を飲み、横になる。〝ハルは自分のことがよくわかっていました〟あのときの会話、その輪郭や手触りを思い出そうとする。どうしたら自分を知ることができるのだろう。黄金色の壁が心によみがえった。石たち、ふいに浮かび上がるその存在感、無言のまま差し出されるもの。あの庭はなんという名前だっけ？　ああ、そうだ。その名を思い出せたことが誇らしく、自慢げにつぶやく。リョウアンジだ。だが、次の瞬間、苦い思いが込み上げる。私には自分が何者なのかわからない。私はいないも同然なのだ。

シャワーを浴び、着替える。何をするのもつらい。再び横になり、頭痛がおさまるのを待つうちに、椿がなくなっていることに気がついた。しばらくして広間に行くと、最初の日と同じ焦茶色の着物に芍薬の帯を締めたサヨコがいた。座卓で帳簿をつけている。ローズに気がつくと立ち上がり、台所に姿を消したかと思うと朝食を載せた盆をもって戻ってきた。頭のついた魚と格闘するローズの横で、サヨコは勘定を続ける。今まで聞いたことがない、しっとりとした音をたて、雨が紅葉の根元を覆う苔を濡らしている。ローズは朝食を終え、立ち去ろうとして、ふと思い直した。

「No flowers in my room today？（今日は部屋に花がないのね）」

サヨコは微笑んだ。

「Paul san want you choose.（あなたが好きな花を選ぶようにとポールさんが）」

ローズは驚き、すぐには答えられなかった。少しのあいだ、サヨコは真剣な顔で、じっとローズを見つめていた。そして、ようやく、「Paul san secret man.（ポールさんは秘密の多いひと）」と言った。

ローズがさらに驚いた表情を浮かべると、サヨコは続けた。

「Very brave. He know flowers.（勇敢なひと。花を知っているひと）」

何の関係があるのだろう。私はどうだろう。私は勇敢だろうか。

「Rose san want which flower？（ローズさん、何の花がいいですか）」とサヨコが尋ねた。

ローズは少しばかり当惑した。

「In France, I like lilac.（フランスではリラが好きです）」

「We have lilac in Japan. Rairakku. Good season now.（日本にもリラはあります。ライラックね。ちょうど花の時季ですね）」

玄関の引き戸が滑る音が聞こえ、ポールが広間にやってきた。ローズは彼の笑顔、そして考え深いまなざしを心から受け止めた。美しいひとだと彼女は思った。ポールに何か言われて、サヨコはそそくさと隣室に消えた。

「ゆっくり休めましたか」

「ええ、でも、頭痛がするんです。あなたは？」

「ぐっすり眠りましたよ。すっかり元気だ」

サヨコがコーヒーをもってきた。サヨコが次から次へと彼に話しかけている間、ポールはゆっくりとコーヒーを飲んでいた。ローズはじっと待ち、彼を見つめ、自分の内側でひそやかな思いが広がり、しぼんでいくのを感じていた。ようやく、ふたりは話を終え、ローズのほうを見た。サヨコが頭を動かし何か合図をした。

「さて、もう出かけられますか。今日は約束の時間に遅れないようにしないと」

車に乗ると、すぐ隣にいる距離の近さに心が乱れた。ポールはまだ疲れが残っているようで、どこか心ここにあらずに見えた。

「どこに行くのでしょう」

「街の向こう側、嵐山です」

「アラシヤマってどういう意味ですか」

「アラシは暴風雨の嵐、ヤマは高みを示す山です」

「何という寺ですか」

「西芳寺です」


車はけっこうな時間、西に向かって走り続ける。その間、ふたりはじっと黙り込み、見つめあうこともなかった。街並みが変わる。市街地の賑わいから遠ざかり、悲しげで、味気のないものになった。名もない建物、けばけばしいネオンの看板が並ぶ道に沿って車は進む。自分は六つの寺と墓地しか日本を知らないのだと思うと、ローズは当惑した。車はようやく、両側に竹林の広がる狭い道に入った。田舎のようだ。門の前には、ほかの参拝者がすでに待っていた。雨が降っている。やがて、黒い着物に白い襟をつけた僧侶が現れ、門を開けた。ポールはほかの参拝者と同様、チケットを渡す。そのまま、ぞろぞろと僧侶のあとについて進み、特徴のない木造の建物に着いた。なかに入ると、低い書見台の並ぶ広い部屋に通される。書見台のうえには紙と墨、筆が用意されている。ポールは、無言のまま、前のほうには行かず、奥の席につくようローズをうながした。ローズは横の日本人女性を真似て足の親指を軽く内側に折り込むようにして正座する。座りかけたポールは、膝を曲げようとして一瞬だけ顔をゆがめていた。ローズは目の前の白い紙に目をやり、漢字が並んでいることに気がついた。説明が聞きたいと思ったが、次の瞬間、僧侶たちが並んで部屋に入ってきた。僧侶たちはそのまま部屋の中央に集まる。気難しい顔をした位の高そうな僧侶が、たどたどしい英語で目の前にあるお経の文字をなぞるよう指示をする。お碗のような黒光りする鈴《りん》を載せた小卓があり、若い僧侶がその前にあぐらを組む。もうひとりは刺繍の入った大きなクッションに載せられた木魚の前に陣取る。ふたりとも手に撥《ばち》をもっている。ローズはあくびをもらした。

金属音が三回響いたかと思うと、ポク、と木魚が鈍く鳴り始め、ローズはその音を胎《はら》に受けたような気がした。身を起こすと片方の僧侶が輝く鈴から撥を離したところだった。もうひとりの僧侶が木魚を軽快なリズムで打ち続けている。歌声のようなお経が聞こえ、線香の煙が立ち上る。経を読む声は単調だが、ときに不規則なリズムを刻む。時折、金属的な鈴の響きが朗唱を際立たせる。隣に座る日本人女性はお経を書き写している。だが、ローズは深い流れに捕らえられ、濡れた土に埃や花の香りが混ざったような匂いに酔っていた。僧侶たちが沈黙し、ついに静寂が訪れた。怖い顔の高僧が何か言ったのち、小さな木の札が配られた。ローズには高僧が何を言ったのかわからない。横の日本人女性が筆を見せながら、「Write wish.（願い事を書くのですよ）」と教えてくれた。

「さっきの歌みたいなのはなに？」ローズはポールに尋ねた。

「般若心経という、心のお経です」

「愛の教えなの？」

「いや、空性《くうしょう》、この世は虚しいという教えですよ」

「心のお経は虚しさを教えているの？」

「心のお経は生きる知恵を授けています」

ローズは笑った。

「初めて、納得できる答えが返ってきたわ」

ポールは笑い、顔をしかめながら立ち上がった。人の流れについて庭の門まで行く。僧侶がまた何か説明をした。だが、ローズは話を聞いていなかった。ようやく話が終わり、解放される。わずかに霧雨が降っていた。さきほどのお経がまだローズの頭のなかで響いていた。硬質な響きと独特のリズムに加え、押し殺した音のきめ細かさが余韻を残していたのだ。ふたりは、雲のように紅葉が生い繁るなか、うねうねとつづく石畳の小道をたどった。森のなかにいるようだとローズは驚いた。雨は、葉叢で濾過され、そこここから雫となってこぼれ落ちてくる。見渡す限り、すべてを征服した勝利者のように見事な苔が広がっている。木の根も石も、今にも動き出しそうな苔がたっぷりと覆い尽くし、光り輝いているのだ。

「西芳寺は苔寺とも呼ばれています」ポールが説明する。

魔法の苔だとローズは思った、いや、むしろ、地面、苔の下の地面こそが魔法なのかも。

「苔寺は土が素晴らしいとハルも言ってました」

「あなたもそう思いますか？」とローズは問いかけた。ほんとうは「あなたにとってはどんな場所なの？」と親しげに言ってみたかった。

ポールは黙っていた。しばらく歩くと、葉陰に沈むように池があった。ようやくポールが話し始める。

「僕にとって、ここは思い出の場所なんです」

ローズは池を見た。細い分流にかかる橋も苔に覆われている。薄い霞《かすみ》のような蒸気が水面を掃くように流れ、池の淵が何か文字のように見えてくる。

「この池があることで、湿度が保たれ、苔が守られているんです」とポールが言った。

「この池は不思議なかたちね」

「『心』という漢字を表しているらしいですよ」

ポールは顔を上げ、木々を見た。

「心から楽しいと思えた散歩はここが最後だった」

悲しい風がローズのなかを吹き抜けた。私は誰のためにも涙を流さない、とローズは思う。誰かが遠くで歌を口ずさんでいるかのように、お経のくぐもった声と硬質な響きが彼女の心を揺らし続けていた。苔が雨粒を真珠のように輝かせている。朝露《あさつゆ》のようだ。ふたりは歩き続けた。地面から何かが湧きあがってくる。ローズは何かが身をかすめるように過ぎていくのを感じていた。これが地面の魔法なのだ。

「アンナはまだ一歳で僕がおんぶしていた。あの子は覚えているというんだが、不思議で仕方がない」

陽気な小鬼の仕業かしら、とローズは思う。ふたりは無言のまま進んでいった。庭の終わりが見えてくると、ローズは広大な緑のビロードに根を下ろした木々に目をやった。雨の雫を見た。苔や木の葉のうえの水滴、大地と一体になる苔のやさしげな風情を見る。そっと撫でているみたいだ。水滴と苔が結びつき、透明な水と地面と樹木がひとつになり、ひとつの事実を彼女に突きつける。ローズはずっと祖母を想って泣き続けてきた。何年も何年も、いや、ずっと昔から、声もたてずに泣いていた。ローズは胸に手をやった。するとすべては墓地の匂い、黒い雨に濡れた記憶へと流れていく。

ふたりは庭を出た。田舎道を車で数キロ走ったところで、川沿いを北上し、鉄骨と木でできた大きな橋のたもとに着く。観光地らしく、川岸に沿って食事処や色とりどりの土産物屋が並んでいる。少し上で車を降り、灰色の暖簾をくぐると、庭に面した和室に通された。庭にはツツジが咲いている。ポールが注文すると、お茶と冷えたビールが運ばれてきた。漆塗りの重箱が各自の前に置かれる。添えられた木製の小さな容器からは、匙の柄が飛び出ている。重箱をあけると、敷き詰めた白飯のうえに、野趣のあるたれをつけた焼き魚の切り身が載っていた。

「うなぎです」とポールが説明する。

ポールは木製の容器を取り、緑の粉を魚の上にふりかけた。

「これが山椒」

ローズはうなぎを口に運んだ。脂の多い黒っぽい皮の下で身がふわりとくずれる。甘みのあるたれにも驚いた。魚に糖衣をつけたかのようで、ざらつきも粘り気もない、とろけるようなたれが、白飯によくあう。彼女はビールを飲みながら、じっとポールを見ていた。彼が何も言わずにいてくれるのでほっとした。ポールは食べ終えると、間仕切りにもたれ、足を伸ばした。狂おしいまでにローズは彼に求められたいと思った。ポールにも、自分をさらけだし、分かち合いたいと思ってほしかった。〝ポールは何を考えているかわからないひと、複雑なひと〟と言っていたのは誰だっけ。ベス・スコットだ。

「サヨコはベス・スコットがきらいなのね」

ポールは面白そうに眉を動かした。

「ベスはここ京都では嫌われ者なんです。取引では容赦しないし、ルールを守らないと評判だ。自分の利益のためには、他人のことはどうでもよくなる」

「取引というのはどんな？」

「夫の所有していた不動産を相続して、そこを管理しているんです」

「日本人と結婚していたの？」

ポールがうなずく。

「彼女はとても強い。他人の評価も、外国人であることもものともせず、ここで頭角を現した。たいしたもんです」

「彼女とは気が合うのね」

「ええ、とても」

「父とは？」

ローズがハルを父と呼んだので、ポールは驚いたようだった。

「ハルはベスを好きでしたよ」

「なぜ？」

「ハルは傷を抱えたひとが好きだったから」

「彼女は子どもを亡くしているのね」

「あなたはちょっとしたことからよく察するね」とポールが言った。

ローズは当惑してかぶりを振った。

「これが初めてじゃない。前からそう思っていた」

ポールのまなざしには不思議なやさしさがあった。きっと、誰か別のひとのこと、最近好きになった自分の知らない女性のことを考えているのだ、とローズは思った。このひとはもうすぐ自分の生活から消え、もうその姿を見ることもなく、自分の人生からいなくなるのだと思うと、愕然とした。

「さて、公証人のところへ行く時間です」とポールが立ち上がりながら、言った。

入り口のカウンターで支払いを済ませるポールを見ているうちに、ローズは彼が腰に痛みを抱えていることに気づいた。ポールは店の外へ一歩踏み出したが、彼女が足をとめたままなので、振り返った。

「山の事故というのは嘘ね」ローズは言った。

倦怠の影が彼の顔を過った。

「ああ、違う」

ローズはポールのあとについて歩き出した。雨がまた降り出していた。カントがポールに何か言葉をかけ、それを聞いたポールは電話を取り、日本語で何か話していた。ローズはびしょぬれの道、通行人やビニール傘を眺めていた。やわらかな苔がまだあとをついてきて、悲しみの深淵と闘っている。彼にとって私はハルの娘であり、ハルに頼まれ京都を案内しなければならないだけなのだ。彼は二十年前から私の存在を知っていて、私が誰なのか、私の抱える虚しさも、怒りも知っていた。もしかすると彼は、恋人と一緒に、私の写真を見たこともあったかもしれないと、ふと思い、胸が苦しくなった。私が知らないその間も彼は誰かを愛し、その愛ゆえに苦しんでいた。激しい雨のなか、車は市街地の路上に停止した。駆け寄ったカントがドアを開け、傘をさしかけてローズを陰気な灰色の建物まで送り届ける。ポールも車を降りて、彼女に合流するとビルのドアを開けた。さらにローズに先だち、迷路のような廊下を進み、その先にあった事務所のドアを開ける。カウンターの向こうで事務員の女性が立ち上がり、お辞儀をする。ふたりは奥の応接室に案内された。そこには年配の男性と若い女性が待っており、女性はふたりを見るとお辞儀をした。

「本日は、私が通訳を務めます」

「ポールではだめなの？」

「残念ですが、法律で決まっているのです」と女性は言った。

通訳の女性は明るいグレーの瞳に彫りの深い顔立ちのとてもきれいな人だった。

「では、それでけっこうです」ローズは粗野な自分の姿がみじめだった。

ポールは公証人の男性と親しげに言葉を交わしている。公証人は口が大きく、額が狭く、尋問官のような鋭いまなざしは老いたヒキガエルを思わせた。唇には愛想のよい笑みを浮かべている。オフィス街に生息する、奇妙な両生類みたいだとローズは思った。何もかもが非現実的だった。通訳の女性が「御父上のご依頼により、私から御父上のご遺志をお伝えいたします」と話し始め、ローズは悲しくなった。集中できなかった。ところどころ、耳に入ってきた言葉を拾おうとしても追いつかず、暗く冷たい水のなかで息ができずもがいていた。ふと見ると、ポールが心配そうにこちらを見ている。ポールは立ち上がり、ローズのそばに来ると肩に手を置いた。そっと置かれた手に力を得て、ローズは水面から顔を出すことができた。公証人が書類を差し出す。どうしていいのかわからない。ポールが代わりに書類を受け取り、彼女の横にそのまま立っていてくれた。やがて、通訳が尋ねる。「おわかりになりましたか。何か質問はありますか」ローズは首を横に振った。女性は話を続けた。「では、この書類にサインをお願いします」ローズはポールを見て、小さな声で言った。「外に連れて行って」ポールは公証人に声をかけるとすぐに、ローズの腕をつかみ、廊下に連れ出した。すべての音を呑み込むような大雨が降り注ぐすぐ横で、ローズはビルの入り口に立ち、痙攣するように震え、かろうじて息をしていた。「帰りましょう」とポールが言った。車に戻ると、ローズは号泣した。ポールはローズの肩に腕をまわし、カントに何か言った。カントはどこかに電話をかけ、一言二言で通話を終えた。ポールはローズのこめかみに唇をつけ、髪を撫でた。すべてを投げ出し、ローズは子どものようにさらに大きな声で泣いた。家の前まで来ると、ポールが自分を置き去りにしようとしているのを感じ取り、ローズは耐えられなくなってしまった。玄関の上がり框では、サヨコが手にタオルを持ち、ふたりを待っていた。サヨコは大きなタオルでローズを包み、抱きしめるようにして、《紅葉の間》に連れて行く。座卓ではお茶が湯気を立てていた。控えめな匂いの香も焚かれている。ローズは床に倒れこんだ。ポールが小さな声で何か言い、サヨコがうなずいた。ポールがローズの横に座る。

「休んでください。またあとで来ます」

涙で何も見えないまま、ローズはいやだと首を振った。だが、ポールは遠ざかる。最後にサヨコと言葉を交わし、そのまま出ていってしまった。サヨコが膝をつき、ハンカチでローズの頬をぬぐった。だが、ローズはとつぜん立ち上がった。玄関に走り、そのまま裸足で庭に飛び出す。門の向こうで、車の前に立ったポールは傘を畳もうとしていたところだった。

「行かないで」ローズは叫んだ。

ポールは傘から手を離すと、今来た道を戻る。ローズは滝のような雨のなか、その場に立ち尽くしていた。ポールはローズを抱きしめた。サヨコが出てきて、ポールとふたりがかりでもう一度ローズを家のなかまで連れて帰る。ポールはローズの顔をのぞき込み、濡れた髪をやさしくかき分けた。

「すぐに戻ってきます」

「お願い」ローズはつぶやき、ポールの手を取った。

ポールは手をほどき、ローズはうつむいた。彼が去る姿を見たくなかった。公証人の言葉が再び砲撃のように彼女を襲ってきた。ローズは父の遺したすべての財産を受け入れた。父は彼女に手紙を一通残していた。それとは別に、もう一通、ポールが葬儀の際に読み上げたという手紙も添えられていた。ローズは横になった。一時間が過ぎた。サヨコがやってきて、自分はこれから外出するが、ポールが夕食時にやってくるからそれまで休んでください、と言った。ローズは無言のままだった。しばらくすると、電話が鳴った。画面にポールの名が表示される。ローズ、心配しないで。夕方には戻ります、と彼の声が言う。すぐに戻ってきて、とローズはささやいたが、電話は切れた。ローズは紅葉に祈り、寺の苔に願い、紅葉の声、苔の手触りを思う。音が聞こえた。玄関に行き、引き戸を滑らせる。目の前にポールがいた。

ローズは笑った。ポールは一歩踏み出し、彼女を抱きしめた。

第十一章

水墨画の巨匠雪舟は、足利氏が栄えた時代に初めて抽象画を描いた人物ではないかと言われています。雪舟の作品は線の美しさと配置の妙に定評がありました。でも、彼は、それ以上に、真っ白な絹紙に墨を垂らし、偶然がつくる模様を愛していました。ある日、裕福な客が、そんな作業に没頭する彼の姿に驚き、いったい何を描いているのかと尋ねました。「桜の枝です」と雪舟は答えました。驚く客を前に雪舟は、黒い蛍を花びらで埋め尽くされた枝に変えてみせました。「では、絵画は即興でしかないのですか」と別の者が尋ねると、雪舟はこう答えました。この世は「三日見ぬ間の桜」であると。

ポールはローズを抱きしめたまま寝室へ行き、服を脱ぐ間も彼女から目を離さなかった。ローズは初めて男の身体を見たような気がした。彼がなかに入ってくると、ローズは絶望的な飢えを満たすかのようにその身体を強く抱きしめた。ポールは彼女の乳房の下に腕をまわし、抱きしめ返すと、彼女のうなじに顔をうずめた。歓喜を埋め尽くすほど、激しい初めての感覚が彼女を襲った。これこそが一体感というものなのだ、ローズは不意に思った。肉体の歓びだけではない、初めて感じた、ひとつになるという感覚にうっとりとした。しばらくして、ポールは再び彼女の目をまっすぐに見つめた。ローズは自分の頬に涙が伝っていることに気づいた。ポールは、安堵と引き裂かれるような苦しみと、感謝が混ざりあった声を上げ、歓喜に達した。深く激しい親密さにローズ自身も驚いていた。ほかの男たちとは感じたことのないものだった。陶然としたまま、この身体が、ポールの身体でよかったと心から思った。ポールは仰向けになり、両腕でローズを包み込むように寝そべっていたが、やがてそっと身を離すとまた彼女をじっと眺めた。ふたりは雨の音を聞きながら、うたた寝に沈んだ。しばらくして、ローズはふと目を覚まし、息をのんだ。隣には誰もいない。身を起こすと水音が聞こえてきたので、再びシーツに身を沈めた。ポールが浴室から出てきた。服は着ているが、髪は濡れたままだ。ポールはローズの横にしゃがみ込んだ。

「サヨコが戻ってくる。夕食に出よう」

ローズはじっとポールの目をのぞき込んだ。ポールは抱き上げるように彼女を起こし、抱きしめた。ローズはシャワーを浴び、着替えると、口紅を引き、《紅葉の間》に行った。

「そろそろサヨコが来る」

ローズは玄関まで来ると、大きな黒い焼きものの花器の前で足を止めた。花器からは白くやわらかいライラックの花がはじけるように咲いていた。

「ローズ」とポールが彼女を呼ぶ。

水浸しの庭を横切り、ふたりは逃げるように家をあとにする。車に乗ると、ポールはローズの手に自分の手を重ね、カントに短く指示を出し、電話を一本かけた。残照が、夕闇の薄明かりに消えようとしていた。暗い空からすみれ色の光の線が湧き出て、雲の輪郭を際立たせている。車窓を街並みが彗星のように流れていった。中心街に戻ると、暗い路地に入り、最上階までエレベーターに乗る。ふたりは何も言わず、見つめあっていた。エレベーターを降りると広い部屋に出る。片側は、框の際までまったく枠の見えない全面ガラス張りになっていた。東山の稜線がもの静かな巨人のように眠っている。目に見えない井戸から光が降り注いでいた。右側には床の間があり、明るい色の素焼きの壺に、名も知らぬ枝が活けてあった。窓際の席に案内され、腰を下ろすと、すぐに酒が出てきた。ポールは酒をつぎ、背もたれに身を預ける。その間も、ローズは待っていた。

「一度は逃げてすまなかった」ポールが口火を切った。

ローズは何か言おうとしたが、ポールは手でそれを遮った。

「この一週間が僕にとってどんなだったか、話しておきたいんだ」

ポールは微笑み、ローズも微笑み返した。

「二十年前から君のことは知っていた。でも、君に会った時、これまで君について知っていたことはすべて裏切られたような気がして、茫然としてしまった。写真では無関心と悲しみしか感じられなかった。僕はハルの娘に会うのだと身構えていた。でも、僕の前に現れたのは、まったく知らない、写真とは別の女性だった」

ポールは酒をひとくち含んで続けた。

「すべてが想像とは違っていた」

「で、私は何者なのかしら」と尋ねながらローズは思った。毎日、こればかり自問している。

「なんだろうね」とポールは言い、しばらく考えてからようやく続けた。

「したたかな花なんだろうな。きっと」

そして沈黙の後、さらにつけ加えた。

「実際のところ、ちょっとしたことですぐに泣き出すひとでもあるけどね」

刺身が運ばれてきた。ポールは礼を言い、何か言い足した。店員の女性が礼儀正しく頭を下げたので、ポールが人払いしたのだとローズにもわかった。

「墓地で君がしゃがみ込んで土に触れたとき、僕は狂おしいまでに君に恋をした。だから、一度は東京に逃げた。でも、サヨコが君のメッセージを伝えてきたので、すぐに電車に飛び乗り、京都に戻った。それなのに、自分がどうしたらいいのか、わからなかった。動けなくなってしまったんだ」

ローズは大きなガラス越しに山々の輝きを感じていた。山々は、じっと動かずやさしく見守る女傑たちのようだ。未知の素材《マチエール》のなかに、ようやく根を下ろしたような気がした。それだけに、新たな嵐が来て、掃くように捨てられるのが怖かった。

「サヨコはどうやって東京にいるあなたに私の手紙の内容を伝えたの？」

「君の手紙を写真に撮って、メールで送ってくれた」

「読んだのかしら」

「いや、フランス語はわからないはずだ」

「読めなくても、わかることはあるでしょう」

ポールは愉快そうにローズを見た。

「私たちのようなひとがほんとうに癒されることってあるのかしら」とローズは投げかけた。ポールが何も応えないのでつけ加える。

「つらい過去を背負っている人でも？」

ポールは答えなかった。

「私はこれまで何をやっても乗り越えられなかった」とローズは言った。

「この数日、僕たちはある種のノーマンズランドで生きていた。これから本番が始まる。この先どうなるかは誰にもわからない。でも、挑戦してみたい」

ポールはローズの手にやさしく触れた。

「どうしても挑戦してみたいんだ」

ローズはポールの顔をのぞき込んだ。頬を涙が伝う。彼女はつぶやいた。

「フランスに帰るなんて想像もできない」

ローズはポールのまなざしにあの日と同じ不思議なやさしさを見た。あの日、彼女に、誰か別に愛する人がいるにちがいないと思わせたあのやさしさだ。

「アンナ以外に悲しみを忘れさせてくれる存在なんていなかった。でも今夜、僕は幸せを感じている。これまで、生き延びねばならないと思い続けてきた。だけど、ほんとうはいったん死んで、生まれ直すべきだったのかもしれない」

ローズはシバタ・ケイスケを思った。彼に遺されたもの、乾ききった心の残骸に思いを馳せた。口にしたマグロの刺身を嚥下《えんげ》し、喉で溶ける脂身で心を鎮める。

「君と一緒にハルの家に戻るわけにはいかない。サヨコがいるし、アンナも待っているしね。明日の午前中はアンナを観劇に連れていく。そのあとで君を迎えに行く」

ローズはがっかりし、不安になって箸を置いた。

「君はこれから二通の手紙を読むことになっている」とポールは言った。

そのとき、ひとりの女性が彼らに近づいてきた。ベス・スコットだ。

ポールが立ち上がり、ハグしながら言った。

「ベス、どうしてここに？」

「ビジネス・ディナー」と答えが返ってきて、彼女が指した先を見ると、入り口近くにテーブルを囲む日本人の一団があった。

ベスはローズに「明日の午前中、私とお茶でもいかが」と提案してきた。

不意を突かれ、ローズはうなずいた。ベスはポールに日本語で何か言い、ポールがうなずいた。立ち去ろうとした彼女は思い直したように振り返り、さらに何事かを告げた。ポールは驚いた顔をし、短く返答した。ローズは、もとの席に戻り、スーツ姿の男たちを笑わせ、店員の女性を呼ぶベスの姿を目で追った。店員がベスたちのもとに駆けつけ、深く頭を下げる。

「彼女、なんて言ったの？」

「明日の待ち合わせ場所を言ってた」

「そのあとは？」

ポールはためらった。

「『世の中は三日見ぬ間の桜かな』って言ったんだ。古いことわざだよ」

ローズはしばし考え込んだ。

「で、あなたはなんて答えたの？」

ポールは黙っていた。そしてようやく言った。

「灰のなかから薔薇が咲く」

ポールは立ち上がり、ローズは出口までそのあとについて行った。去り際、ポールはベスに向かって軽く手を挙げた。エレベーターに乗るとポールはローズを抱き寄せ、キスをした。外に出ると雨が降っており、風も強かったので、ポールはローズを車に乗せたあと、自身も車に乗り込み、ドアは開けたままで話を続けた。ローズが尋ねた。

「手紙は誰が訳したの？　あなたが訳したの？　私、耐えられると思う？　またサヨコに大きなショールでくるんでもらわなくてはならなくなるかも」

ポールは微笑んだ。

「二通とも僕が訳した」

ポールはローズに身を寄せ、唇に軽くキスをすると車を降りた。


家に戻ると、ローズは寝室に行き、服を脱ぎ、闇に横たわった。そのまま眠りもせず、じっとしていると夜の光が差し、銀の月が現れた。月明かりのやさしさに包まれ、ローズは眠りについた。朝、ぱちりと目を覚ますと、素早く着替え、《紅葉の間》に行く。《紅葉の間》ではサヨコが座卓の前に座っていた。

「You meet Scott san at eleven. Kanto san coming at ten forty five.（十一時にスコットさんに会うことになっています。十時四十五分にカントさんの車が来ます）」

ローズの電話が鳴った。ポールの声が「ローズ」と呼ぶ。ローズは笑い、「ポール」と応じる。今度はポールが電話の向こうで笑う。「午後には会える」とポールが告げた。ローズは電話を切った。部屋に戻り、公証人から受け取った封筒を開け、父からの手紙を見つけ出し、手に取る。そのまま広間に戻ると、紅葉を囲うガラスの前に手紙を置いた。サヨコが老眼鏡越しにローズを見ていた。ローズはコーヒーを頼み、ソファに横になる。十一時十五分前になると、ローズは出かけた。白い太陽が白い靄越しに輝いていた。朝の光が感情のない灰色に変わり、午前中が終わろうとしていた。車での移動は短時間で終わり、ローズは明るい木目調の現代的な建物の前に降り立った。道に面した大きなガラス窓にはモダンなレース飾りのような千本格子がついている。黒い石が堀のように店をぐるりと囲んでいた。なかに入ると、天井は波型の木片がアーチ状の曲線をつくっている。すべてが透明で澄み切っており、動かない水が極楽の栄華を映している。窓の向こうには緑の芝生の庭があり、紅葉、桜、根笹、朱塗りの鳥居を眺めるうちに、こんなところで暮らすのもいいとローズは思った。喫茶室の内装は黒とベージュで質素な印象だ。手前に背の低い本棚があり、書見台にアートの本が飾られている。ちらりと目をやると、木造建築やお茶畑、着物などの写真が見えた。その奥にベスの姿がある。ベスが顔をあげた。

「すっかり見違えちゃったわね」とベスが言う。

ローズはベスの向かいの席に座った。ベスの携帯電話が鳴る。彼女は電話に出ると、言葉を三つほど並べただけで通話を終わらせ「サヨコがあなたをよろしくって」と言った。

「サヨコさんと父はどんな関係だったのでしょう」とローズは尋ねた。

「関係？　彼女は四十年以上、ハルの帳簿係だった。彼はサヨコに銀行口座もやりくりも任せて、人生まるごと預けたってとこね」

「サヨコさんは結婚しているのですか。子どももいるのかしら」

「孫も何人かいるはず。義務と、犠牲と、仕事と沈黙に縛られた女性たちが皆そうしてきたようにね。サヨコにとってハルの死は大きな悲しみだったはずだけれど、泣き言ひとつ言わない」

「サヨコさんはあなたのことあまり好きではないみたい」

「遠回しな言い方ね。でも、ある意味、サヨコの気持ちもわかる気がする。日本人女性は閉じ込められた光と同じ。私は自由な女の象徴として、彼女たちの大事にしてきた寺や庭を歩き回っているから、嫌われる」

ローズの前に黒い漆塗りの盆が置かれる。盆の中央に抹茶茶碗がある。白地の碗には、縁からほんの数ミリのところに今にも散りそうな桜の枝が描かれていた。

「この季節にしては珍しいわね」とベスが言う。

ベスの器は装飾を排し、襞のような溝が入っただけの茶褐色の碗だった。

「じゃあ、ポールとあなたは……」

ローズは何も言わなかった。

「人生って驚くことがあるものね」とベスは言い足した。「あなたのこと見くびっていたわ。あなたは変われないと思っていた」

「じゃあ、もうひとつ驚かせてあげましょう。だからといって、私が明日、川に身を投げないとは断言できないわ」

ベスは短く笑った。

「ポールのことは誰よりも尊敬している。あなたは彼にふさわしいかしら。クララは魅力的なひとだった。ポールを明るい気持ちにさせ、軽やかな光あふれる生き方を教えた。でも、あなたは怒りっぽいし、横柄だし、要するに、彼はあなたに魅了されたのではなく、揺さぶられた。ポールはね、きっと、いつかまたクララのようなひとが現れ、あの頃の幸せを取り戻し、救われる日が来ると思っていた。そこへあなたが現れたというわけ。不機嫌で、怒ってばかりの嫌な女がね」

ベスは茶をひとくち飲み、続けた。「そんな簡単にはいかないわ」

ローズも自分の碗に口をつけた。

「息子さんを亡くしたんですってね」

ベスがショックを受けているのがローズにはわかった。それでも、まばたきをしただけの彼女を見て、その自制心に感嘆した。

「勘がいいのね」とようやくベスが言った。

「あなたは厳しくて冷淡なひとだけれど、ポールのことを息子のように見守っている」ローズは言った。

ベスは感情のない笑みを見せた。

「あなたも厳しいひとね。でも、感謝しているわ。だって、あなたは私と同じようにここに救済を見つけたのですもの」

ローズは呆気に取られていた。

「他の場所では、美しいものを見ても苛立つばかりだった。ここにいるときだけは、喪失の苦しみがやわらいだ。なぜかしらね。そもそも理由を知りたいと思っていないのかもしれない。やっと見つけたやすらぎが消えてしまいそうだから。でも、石のようにとがっていて、苔のようにやさしい庭に行くでしょう、そうすると、別人になれる。そして、ほんのわずかの間だけ、過去が受け入れられるようになる。息子の死を乗り越えることなんてできない。それでも、別人になれば、時々は新たな息吹を見つけることができる」

ベスは疲れを感じさせる悲しいまなざしでローズを見た。

「初めて会ったときからあなたには何か親しいものを感じていた。ほんとうよ。そんなの、しょっちゅうあることじゃない。あなたは今、一歩踏み出すか、すべてを失うかの瀬戸際にいる。幸運を逃がさないで」

「面白いことをおっしゃるのね。まだ受け入れてもいないものを失うことなんてできないでしょう」とローズは言った。

〝受け入れる〟という言葉を使った途端、ポールの身体を求める激しい衝動を自覚し、ローズはうつむいた。

「何よりもつらいのは、何も差し出すことができなくなること。昔は私だって、愛するひとがいた。あの子のためなら火のなかに身を投じることもできると思った。でも、私は自分のせいであの子を失ったの。それ以来、私は生きていても死んでいるようなもの」

ベスは気怠げな皮肉をこめて笑うと、優美なしぐさで額に手をやった。ローズの茶碗を指し、話を続ける。

「桜の花は強い。儚げな美しさは見た目だけよ。貪欲で旺盛で、とてつもない生命力をもち、生存本能が強くて、死ぬぐらいなら何でも試そうとする」

「でも、最後は死ぬのでしょう」とローズが言う。

「最後には死ぬ、そうね。だからこそ、人生に即興演奏の自由を許さなければ」

ベスはローズの手を取り、愛情深く握りしめた。

「そうじゃないと、地獄に行く前から地獄を生きることになる」

ベスは手を離すと立ち上がった。

「息子はね、ウィリアムというの。二十歳で自ら死を選んだ。三十年前。昨日が命日だった」

はかり知れぬ苦しみのなかで生きているベスのまっすぐで優美な後ろ姿をローズは見送った。やがて、自分も席を立ち、店を出ると、カントに家まで送ってもらった。

誰もいない《紅葉の間》でローズは床に置いたままになっていた手紙に歩み寄った。唇のすぐ先にあった散り際の桜の枝が目に浮かぶ。花を思い浮かべる。花びらのあふれんばかりの生命力、生きようとする貪欲さ、どんなことでもやってみて、生き残ろうとする強い意志。手紙の封を切り、最初の一行を読み、座卓に置いた。父は書いていた。「ローズ、この世は三日見ぬ間の桜のようだ」と。

第十二章

下剋上の世、つまり上と下がひっくり返る逆さまの時代、中世の日本のことでございます。剣の技だけではなく、書道の腕もあり、審美眼のある武士がおりました。彼は、決まった時期に薩摩にある家に戻ってくるのです。そこでは、彼の妻と息子が、垣根に囲われた屋敷で中庭を眺めながら暮らしておりました。庭には見事な紅葉がありました。息子が大きくなり、自分もあちらこちら旅をしてみたいと言い出したところ、武士は息子に燃えるように赤く染まった紅葉の木を指差し、こう言いました。「すべての変化はここにある。この葉っぱは私よりも自由なのだ。おまえはこの紅葉のように生きよ。おのれの変化を旅のように楽しむのだ」

紅葉のように生きよ

もう一通の手紙を手に取り、封を開けた。ポールが手書きで短い言葉を添えている。「名前や肩書、儀礼的な様式など頭書きの部分は省略し、本文から訳します」ローズはポールのゆったりとした端正な筆跡に心を打たれた。手書き文字のあとに続く文面は、上品な紙に印刷されている。末尾にはハルの署名と落款《らっかん》があった。

「私はこれまで人生の長さにほぼ等しい間、あなた方に黙っていたことがある。死の扉を前に、それをどうしても伝えておきたい。四十年前、私はひとりのフランス人女性を愛した。そしてそのつかの間の恋から、娘が誕生した。娘はもうすぐここ京都に遺言を聞きに来ることだろう。私は娘に会うことはなかったが、あなた方は私の娘に会うだろう。どうか、受け入れてやってほしい。平身低頭、一生の頼みとしてお願い申し上げる」

ローズの手は震えていた。墓地が目に浮かぶ。揺れる卒塔婆、苔むした石、精霊の階段。ハルの墓の前にポールが立っている。すぐそばには、妻のクララの墓、ケイスケの息子、ノブの墓もある。黙り込む参列客を前に、この手紙を読み上げるポールの姿を想像した。
座卓の上に手紙を置き、最初の手紙に戻る。

「ローズ、この世は三日見ぬ間の桜のようだ。ついこの間まで無邪気な子どもだった君は、傷だらけの思春期を過ごし、怒りを抱えた女性になった。でも、世界はあまりに速く回転しているので、私は将来の君に宛てて書こうとしているのに、結局、過去の君に向けて書いていることになってしまう。死にゆく今、人生の総括をするのは驚くほど簡単なことだった。すべてを整理し、私に残っているのは、生きるのにどうしても必要な、この精髄ばかりとなったむき出しの骨組みだけだ。今だからこそわかる。君が生まれたことが私の人生で一番大きなことだった。それから四十年が経ったが、まず、君を愛したことだけは忘れない。何十年も不在だったというのに、もし、君に私の病を知らせ、重荷を背負わせていたら、私はどんな父親と思われたことだろう。何を与えることができただろう。だが、私は言葉でしか君に何かを与えることがない。言葉だけなら、肉体の惨状も、負け戦の恐ろしさも、罰と化した愛情も君に見せずにすむ。そのかわり、私が父として感動したこと、君が私の人生の一部となってくれた歓びを話しておきたい。私は君が成長し、転び、再び立ち上がるのを見てきた。いつも頑なで、いつもひとりで、いつも不幸せだったね。私たち日本人は、その風土から不幸は避けられないものだと学んできた。生まれつき背負った苦しみがあるからこそ、私たちはこの天災多き国をエデンに変えることができた。だから寺院の庭には、天災と犠牲のなかで生きてきたこの国の魂が込められている。私の血を受け継いだ君はこの世の美しさと悲しみを、豊潤な大地に抱かれて育ったほかのフランス人とは違うかたちで理解できるだろう。近代化の名のもとに売りつけられた、この上下がひっくり返るような、混沌とした時代にも、君が和の心をもつことができさえすれば、幻滅も地獄も花園に変えることができる。寺から寺へと連れまわしたことを恨まないでおくれ。悪ふざけのように見えたかもしれないが、私は本気で願っている。君が寺をめぐることで心を鎮め、これまでとは違う人生を見つけてくれるはずだと信じている。散策と言葉は、財産や美術品よりもずっとほんとうの意味で、私が君に遺したかったものなのだ。君は強くて、予測不可能でしぶとい花だ。私は君の力と意志を信じている。この数十年の沈黙が意味のないものではないことを祈り、そして私はもういなくても、この手紙によって君が私の気持ちを受け止め、愛情を受け入れてくれることを願っている。私の人生のすべては、君を苦しめるものでも、悲しませるものでもなく、ただ君のなかにつながっているのだ」

ローズは腕を組み、床にじかに横たわった。紅葉がゆっくりと揺れている。ここが私の家、とつぶやき、ローズは笑った。それからずいぶん経った頃だろうか、ローズの耳に玄関の引き戸の音が聞こえ、ポールの足音が近づいてきた。ポールは彼女の横に腰を下ろし、彼女の腰に手をまわして自分も横になった。ローズは雨のように静かに淡々ととめどなく涙が流れるのを感じた。ポールが彼女の額を撫で、指先で涙をすくった。ローズはポールを見つめた。ポールは彼女を抱きしめる。ふたりは寝室に向かった。ローズは溺れた者がしがみつくようにポールを引き寄せ、昨晩のようにきつく抱きしめた。いつか、こんなふうには求めなくなる日が来るのかしらとローズは思った。ふたりの間には何か厳粛なものがあり、そのせいで、すべてのしぐさが熱を帯びていた。むきだしの身体と感情をローズは奇跡のように受け止めた。歓びは暴力的であり、同時に幸福感にあふれていた。ポールは重荷から解放され自由になったかのように、初めての歓びを感じ、彼女を見つめていた。頂点を迎えた瞬間、ポールは彼女がこれまで知らなかった顔を見せた。苦しみを捨てた顔、光あふれる顔だった。ローズは彼の胸に背を向けてもたれる。ポールは彼女の身体に腕をまわし、ローズのうなじに額をうずめた。それからしばらくして、ふたりは向き合った。ポールがふと後ろを向き、上着のポケットからハルの落款が押された封筒を出してくる。

「これが原本だ」

ローズはひざまずき、朱《あか》く押された二文字の落款に見入った。

「これは日本語のなかでもかなり難しい漢字でね」

「これ、父の名前じゃないの？」と言いかけて、ローズは理解した。そして、つぶやく。

「薔薇《ローズ》」

「ハルが死ぬまで誰も知らなかったんだ」

封筒を開け、透き通るような二枚の便せんを取り出す。黒いインクの流れを見た瞬間、生い繁った草のような印象を受けた。左上に、文面とは別に何か書かれている。ローズはその文字を指先でそっと撫でた。

「あの世は露《つゆ》の天下なり」とポールが翻訳する。

そして、ローズが何か聞きたげに眉をひそめるのを見て、続ける。

「ケイスケの詩の一節だよ。ハルはこれを自分の墓石に刻ませた」

西芳寺で見た苔のうえの雨の雫が目に浮かび、少しゆがんではいたが、そこに父の顔が映っていたような気がした。

「父は山の滝のそばで育ったのよね。冷たい水のイメージのほうがよかったんじゃない？」

「ハルは人生をとても深い、暗い河を渡るようなものだと考えていた。ある日、ケイスケがハルに言った。『そりゃそうだろうが、向こう岸は露の世界だ』」

ローズはこれまで感じたことのないささやきが聞こえたような気がして、草書という揺れる草むらを思わせる文字の流れに目を戻した。

「きれいな筆跡ね」

「ハルは商人でサムライのようだったが、それよりなにより美を追求するひとだった」

「骨の髄まで日本人ってわけね」

「いや、ちがう。いくつかの点では、同世代の日本人男性とまったくちがっていたし、時空を超えた価値観の持ち主だった。ハルは結婚や、家族をもつことを考えたことがなかったし、芸者のもとに通うこともなく、まして女性の接待を受けるような店にはとんと顔を出さなかった。外国人女性とのつきあいも多かった」

「ベスもそのひとりね」

「うん」

「ベスには日本人の恋人がいたの？」

「彼女は誰とでも恋に落ちた。結婚していたときも、かなりの数の愛人がいたらしい」

「私だってけっこうな数の恋人がいたのよ」とローズは言った。

「そうらしいね」とポールは笑い、「でも、君は誰とも結婚しなかった」と続けた。

「そうね、もう誰も思い出せない」とローズはささやく。

ポールは黙っていた。

「ハルはどうしてあなたに何も遺さなかったのかしら」

「僕が断った」

ポールは顔をしかめながら立ち上がった。

「その話はあとにしよう。サヨコがそろそろ帰ってくるし、君を連れていきたいところがある」

「あなたは、なぜ、どこでその足を傷めてしまったの？」ローズは尋ねた。

ポールは答えず、浴室に消えた。やがてシャワーを浴びて服を着て戻ってくる。そのくつろいだ顔つきと光あふれるまなざしに、ローズははっとした。ローズは立ち上がり、ポールに歩み寄った。ポールが彼女を抱きしめ、キスをして子どものような明るい声で笑う。ローズもシャワーを浴び、着替えを終えると《紅葉の間》にやってきた。ふと畏敬の念に駆られて紅葉を見る。紅葉の木は、灰のように漂う雲に向かってそびえたち、翼のように枝を広げ、震える葉を、目に見えない大きな炎、太陽に向かって差し出している。どうしたのかしら、とローズは思った。嵐や大雨を予感させる灰色の曇った空を見上げる。紅葉はさらに大きくなったような気がする。

「ローズ、どうした？」玄関からポールの声がする。

鳥の姿をした紅葉に心を残しながらも玄関に向かいかけ、ローズはもう一度だけ振り返った。その瞬間、彼女は反射的に深々と頭を下げていた。ローズが玄関に現れると、ポールが傘を差し出す。だが、彼に歩み寄ろうとした途端、白い泡が飛び散るように咲いていた白いライラックが目に入り、また足をとめる。ふと心をかすめたもの、今にも消えそうなものを逃がしたくなかった。ローズはやわらかく豊かな葉のうえで、あちこち勝手なほうを向いて咲き誇るライラックの花房に身を寄せた。さきほどのとらえどころのない思いは消えていった。ポールのあとについて歩く。車に乗ると、ローズはポールの手を取り、自分の唇へと導いた。車は東に向かった。カントが車を停めたのは、松とツツジが植えられた大きな参道の前だった。道は丘の上へと続いている。進んでいくと、茅葺屋根のついた木造の大きな門に着き、そこをくぐってさらに登る。小糠《こぬか》雨が降っており、ふたりはゆっくりと歩いていった。

「クララが死んで二年後、僕はケイスケと一緒に川に身を投げたんだ」とポールが話し始めた。

「ふたりとも完全に酔っぱらっていた。三条大橋の欄干をまたいで、飛び降りたら、僕は石の上に落ち、ケイスケは無傷だった。その後、病院に運ばれた僕にケイスケは言ったんだ。『地獄だな。おまえはまだ死なせてもらえないってことだ』。でも、僕にとっての地獄は、アンナを裏切ろうとしたということだった」

「彼女になんて言ったの？」

「ありのままを言った。おまえのパパは酒に溺れたお馬鹿さんだったよとね」

ポールは笑った。

「アンナはそのとき四歳だった。あの子は僕にこう言ったんだ。『じゃあ、これからは少ししか飲んじゃだめだよ』って」

通路が細くなっていた。やがて、石造りの壁に突き当たる。入り口の柵の向こうには階段のように並ぶ墓石が見える。

「ハルの手紙を訳すのは難しかった。彼の最初の決断は厳しいものだった。僕は生きているうちに君を彼に会わせたかった」

ポールが柵の前で立ち止まる。

「ここはどこ？」

「東大谷」

「誰のお墓があるの？」

「知り合いのお墓はない。でも、ここはお盆の法要、死者を弔う祭りで有名な場所なんだ」

ふたりは丘の中腹にある墓地に足を踏み入れた。十列ほどの通路があり、びっしりと墓石が並んでいる。灰色の石が無言のまま潮のように迫ってくる。静寂を破るのは、カラスの声だけだ。ローズの好きなミステリアスなしゃがれ声が聞こえてくる。ポールは上の段へと続く小道を進み、ローズもあとについて、時折方向を変えながら階段をたどり、息を切らして、最上段の高台まで上りつめた。ポールは先に着き、手すりにもたれている。ローズもその横に立ち、同じように手すりに肱をつき、そこからの光景を眺めた。遠くまで霊園が広がり、その向こうを見下ろすと不思議の街、京都がある。遠く夕闇のなかに、嵐山の暗い稜線が続いている。雨はやんでいた。ぼんやりとした灰褐色の空を縁取るように黒い筋が延び、そこから房のように雲が垂れさがって見える。

「お盆ってなに？」

「お盆の期間、人々は先祖の魂を弔い、その守護に感謝する。遠いところにある墓所まで出向くことも多い。先祖の哀しみを鎮めるためにお供えもする。祭事は一か月近く続いて、なかでも最大のお祭りは、ここ東大谷に一万個のランタンが灯される万灯会《まんとうえ》なんだ」

「もう死んでいるのに、いったい何の苦しみを慰めるというの？」

「お盆の語源はサンスクリット語のスートラにあって、地獄の上で逆さ吊りにされていることを意味するらしい」

何もかもが〝ひっくり返る〟世界ってことね、とローズは思った。確かに私の人生は順番が逆なのかもしれない。子ども時代の父の顔を見て、父を知り、愛する男性を通じて、父を知る。ポールが彼女を見つめていた。ローズが歩み寄る。ポールは彼女を抱き寄せた。ふたりの目の前で京都は闇のなかに溶けてゆく。ふたりをとり囲むように、あの世の露に濡れたかのような墓石たちが、目に見えない死者たちの存在を宿して震えている。ポールはローズのこめかみにキスをした。

「僕らは亡きひとたちのあとを生きる。僕らもいつかはいなくなるし、誰かがそのあとを生きる」

地獄で逆さ吊りにされた魂が漂う巨大な納骨堂のような墓地で、ローズはこれまでとは違う新しい自分になった。ふと、稲妻のように、ガラスに囲まれたあの紅葉の木が光るのが見えた。儚くやわらかな苔に根ざしながらも、空の下で自由な紅葉は常に変わり続け、周囲にさまざまなかたちで命を与え、風と葉の歌をローズにきかせてくれる。ローズは不安も怒りも忘れて身をまかせた。

視界の尽きるあたり、木々や花々の重なりあるなかに、父の庭と、白いライラックの枝が見えるような気がする。ローズは深く息を吸い、地面や石、命の果ての匂いを感じる。ローズが目をやると、ポールもまた彼女の隣で悲しみとは無縁の涙を流していた。ただ純粋に、涙に、自分自身に、ローズを求める気持ちに身をまかせている。ローズは心のうちでとてつもない、自分ではないような声で叫んでいた。叫ぶことで、彼女は生まれ、死に、ついに生まれ変わるのだ。

「人生にはふたつだけ。愛すること」とポールが言う。「そして、死ぬこと」

著者より以下の皆様に感謝いたします。
ジャン＝マリ・ラクラヴェティーヌ
ピエール・ジェステード
ジャン＝バティスト・デル・アモ
エレナ・ラミレス・リコ

訳者あとがき

一週間でひとは変われるものだろうか。変われる、と本書を訳していて思った。そうあってほしいと切に願った。

本書は、*Une rose seule*, Muriel Barbery, Actes Sud, 2020 の全訳である。主人公のローズは、父の死を知り、日本にやってきた。日本人の父には一度もあったことがない。ローズの母は心に闇を抱え、自殺しており、母からも父の話を聞くことはあまりなかった。そんなローズが父の遺した家にたどりつき、父と縁のあった人たちと出会い、京都の寺をめぐり、いや正確には庭という空間に浸り、少しずつ父のことを知り、自分を見つめ直し、新たな人生へと踏み出していく。

ミュリエル・バルベリは、一九六九年モロッコ生まれ。パリ高等師範学校を卒業し、哲学教師という一面ももつ。二〇〇〇年『至福の味』（高橋利絵子訳、早川書房）で、フランス最優秀料理小説賞を受賞。続く、二〇〇六年『優雅なハリネズミ』（河村真紀子訳、早川書房）はフランスの「本屋大賞」に輝き、世界的なミリオンセラーとして記録を打ち立て、映画化もされている。この『優雅なハリネズミ』には、小津安二郎へのオマージュとして、オヅ氏という大変魅力的な東洋人男性が登場する。このとき、すでに苔寺や芭蕉への言及もあり、彼女の日本文化への愛情と理解は決して生半可なものではないことがよくわかる。その後、二〇〇八年から二〇〇九年には京都ヴィラ九条山に滞在、このときの経験が本書に大きな影響を与えたことは間違いないだろう。登場する寺院や庭園は実際に著者が何度も訪れた場所であり、名前こそ明かされていないが、いくつかの飲食店については、あの店がモデルだろうと、推測できるものもある。

さて、本書の各章の冒頭には東洋の文化人の様々な挿話が引かれている。いや、てっきり「引用」だと思い、評伝など関連書籍を調べ、念のため著者に問い合わせたところ、作者の創作であると知り、あらためてその見識の深さに感服した。というわけで、本書はあくまでもフィクションなのである。

とはいえ、典拠がはっきりしているものもあるので、以下に挙げておく。「世の中は地獄の上の花見かな」は小林一茶（一七六三 - 一八二七）の句である。「雀の子そこのけそこのけお馬が通る」など動物を題材にした愛らしい句で知られる一茶であるが、その生涯は波乱に満ちたものであった。世の中の根底にあるのは「地獄」だと言い切り、そのうえでつかの間の美を寿《ことほ》ぐ、ある種の悟り、いや凄みが感じられる句である。いっぽう、「世の中は三日見ぬ間の桜かな」は同じく江戸時代の俳人、大島蓼太《りょうた》（一七一八－一七八七）の句「世の中は三日見ぬ間に桜かな」がことわざとして転用されたものである。物思いにふける自分と世間、自然界との時差やずれ、ふと顔をあげたときの驚きを感じさせる俳句だ。

桜の次に咲くのは薔薇である。ケイスケが引くリルケ（一八七五－一九二六）の詩も挙げておこう。こちらは『薔薇』という連作の一部になる。

ただ一輪の薔薇、それはすべての薔薇、
そしてまたひとつの薔薇。
物らの本文にとり囲まれた
かけがえのない完全な柔軟な言葉。

この花なしにどうして語れよう、
わたしたちの希望であったものを、
たえまない出発のあいまの
やさしい休止の時どきを。

（高安国世訳『リルケ詩集』岩波文庫）

ただ一輪の薔薇、すなわち娘のローズがすべての希望だったハルの想いを重ねて読んでみてほしい。

このように、本書では、江戸時代の俳人から、十九世紀のドイツの詩人へと国境を越え、言語の違いや時代を超え、詩情が共鳴しあう。本書を訳すうちに、ローズの目を通して見ることで新たな日本の魅力と出会う瞬間が一度ならずあった。ありふれたビニール傘も、ローズにしてみれば、雨粒越しに世界を眺められる透明な傘になる。高尚な禅の庭は、猫のトイレ（！）を思わせながらも、じっと見るうちに心の深淵へと導く楽譜にもなる。読んでいるうちに京都に行きたくなる読者も多いのではないだろうか。

だが、本書にあるのはガイドブックに紹介されるような観光地としての京都だけではない。庭や墓地（だからこそ、神社ではなく寺なのである）を通して、大きな時間の流れを感じさせ、死生観を問いかけてくる京都の厳格な一面も心に迫る。百年、いや千年の時間を前に、人はその命の短さを感じざるを得ず、自分は何を遺せるのかと自問する。芍薬、撫子、あやめといった花もまた儚《はかな》さと永遠の繰り返しを象徴している。そこにあるのは死と詩、そして再生の物語なのだ。

新しい人生に踏み出したポールとローズのこの先も気になるところだが、本書の姉妹篇、いや父親篇とも言うべき作品「情熱の一時間（*Une heure de ferveur*）」が二〇二二年八月に本書同様、本国フランスのアクト・スゥッド社から刊行された。ハルの側からモードとの恋、娘への思いが京都と飛騨高山、フランスを舞台に描かれており、若き日のサヨコも登場する。こちらもぜひ日本の読者にお届けしたいと思っている。

最後に、訳者の質問に丁寧に答えてくださった著者バルベリさん、フランス著作権事務所ダルトアさん、京都について教えてくださった則子さん、早川書房編集部吉見世津さん、校閲担当の方々に心よりお礼を申し上げて筆を置きたい。

二〇二二年九月

訳者略歴　早稲田大学第一文学部フランス文学専修卒　訳書『狂女たちの舞踏会』ヴィクトリア・マス（早川書房刊），『凧』ロマン・ガリ，『椿姫』デュマ・フィス，『クレーヴの奥方』ラファイエット夫人，『孤独な散歩者の夢想』ジャン＝ジャック・ルソー他多数

京都《きょうと》に咲《さ》く一輪《いちりん》の薔薇《ばら》

2022年11月10日　初版印刷
2022年11月15日　初版発行

著者　ミュリエル・バルベリ

訳者　永田千奈《ながたちな》

発行者　早川　浩

発行所　株式会社早川書房
東京都千代田区神田多町2－2
電話　03－3252－3111
振替　00160－3－47799
https://www.hayakawa-online.co.jp

印刷所　株式会社亨有堂印刷所
製本所　大口製本印刷株式会社

Printed and bound in Japan

ISBN978-4-15-210176-1 C0097

乱丁・落丁本は小社制作部宛お送り下さい。
送料小社負担にてお取りかえいたします。